시시한
어른이
되지 않는법

시시한 어른이 되지 않는 법

김혜정
에세이

㈜자음과모음

– 열다섯 살의 이연수에게

목차

어른을 꿈꾸지 않는 아이들

십대 때 나는 빨리 어른이 되고 싶었다. 어른이 되면 내 마음대로 할 수 있는 일이 많을 거라 기대했기 때문이다. 학교생활이 재미없거나 힘들 때면 주문을 외듯 '스무 살만 되라!'며 주먹을 불끈 쥐곤 했다. '스무 살'과 '어른'은 어려운 삶을 버티게 해주는 마법의 주문이었다. 그래서 당연히 요즘 십대도 그럴 줄 알았다.

어른 되기 싫어요!

주로 청소년 소설을 쓰다 보니 십대들을 만날 기회가 자주 생긴다. 중·고등학교에 강연 가는 일이 많고, 내 책을 읽고 먼저 연락을 해오는 친구들도 있다.

십대 아이들에게 "너희들도 빨리 어른 되고 싶지?"라는 너무 뻔한 질문을 건넸다. 니들 맘 다 알고 있다는 걸 보여주고 싶었다. 그런데 내 질문에 아이들은 고개를 저었다. *전혀 아니거든요*, 하는 얼굴을 한 채 말이다. 아이들 반응에 난 당황했고, 분명 일부분의 아이들만 그럴 거라 생각하며 마음을 진정시켰다.

하지만 나의 예상은 보기 좋게 비켜갔다.

언젠가부터 내가 원하는 대답을 듣기 위해 나는 중·고등학교 강연을 갈 때마다 물어보기 시작했다. 그런데 빨리 어른이 되고 싶다는 아이는 삼분의 일도 채 되지 않았다. 대다수의 아이들은 어른 되기 싫다고 대답했다.

"돈 버는 거 힘들잖아요."
"어른이 되면 취업을 걱정해야 하잖아요."
"책임질 거만 많잖아요. 어른은 힘들어 보여요."
"어른들은 재미없어요. 시시하고 따분해요."

아이들은 지금의 삶이 너무 좋아서가 아니라, 어른의 삶이 힘들고 재미없어 보여 어른이 되고 싶지 않다고 했다. 재미있는 사실은 중 1보다는 중 3이, 중학생보다는 고등학생이, 그러니까 학년이 올라갈수록 아이들은 어른의 삶을 더 두려워했다(초등학생한테 이 질문을 던지면 대부분은 빨리 어른이 되고 싶다고 말한다). 아이들은 어른의 삶이 가까워질수록 어른을 기대하지 않았다. 그래서일까. 철이 들어가는 아이들의 모습을 보면 대견하다기보다 씁쓸하다는 생각이 먼저 든다.

인생에서 제일 슬프고 안타까운 것은 '내일을 기대하지 않는 삶'이다. 잠들기 전에 '얼른 내일이 왔으면 좋겠다. 학교에 가서 친구들이랑 놀고 싶다'라고 생각하는 사람과 '아, 내일이 안 왔으면 좋겠어. 학교는 지옥이야. 학교에 가면 또 아이들이 날 못살게 굴겠지' 하고 생각하는 사람 중 누가 더 행복할까? 당연 앞의 사람이다. 그런데 지금 많은 십대들이 후자의 모습으로 살고 있다. 십대들에게 내일의 삶이란 바로 '어른'이니까.

오늘을 살아가는 힘 중의 하나가 내일이 있다는, 내일은 더 나을 거라는 믿음이다. 그런데 내일을 꿈꾸지 않는 오늘이라니. 안타깝게도 많은 청소년이 자신들의 내일인 '어른'을 꿈꾸지 않고, 기대는커녕 오히려 불안해하거나 두려워하고 있다.

도대체 아이들이 왜 그럴까?

문제는 바로 현재 어른들에게 있다. 아이들은 어른으로 살아본 경험이 있어서 어른이 힘들다고 생각하는 게 아니다. 아이들이 어른의 삶을 기대하지 않는 것은, 아이들의 눈에 비친 어른의 삶이 힘들고 어렵게 보이기 때문이다. 지금의 십대 아이들이 어른을 꿈꾸지 않는 것은 전적으로 '어른의 책임'이다.

그래, 나도 어느 정도는 인정한다. 내 주변을 둘러봐도 재미없고 시시하게 사는 어른들이 많다. 그런 어른들은 십대들에게 말한다. "니들이 제일 좋을 때다"라고. 이 말은 십대 때 내가 제일 듣기 싫어하는 말 중의 하나였다. 나는 지금 별로 안 좋은데 왜 좋다고 하는 거지? 하는 반발심과 함께, 도대체 사는 게 얼마나 재미없고 힘들면 저런 말을 하는 건가 싶어 그 말을 하는 어른들이 한심해 보였다. 나는 빨리 어른이 되어서 룰루랄라 즐겁게 살고 싶은데 그 말을 들으면 어른 생활에 대한 기대감이 줄어들었다. 그래서 나는 "니들이 제일 좋을 때다"라고 말하는 어른들을 꼭 뒤돌아서 노려보곤 했다.

요즘도 주변에서 그런 말을 하는 어른들을 만나는데, 막상 그들에게 십대로 돌아가고 싶으냐고 물어보면 그들도 머리를 가로저으며 그건 아니라고 한다. 어른들이 보기에도 요즘 아이들의 삶 또한 녹록지 않은가 보다. 어른과 아이는 서로 세대의 삶이 쉽지 않다고 여긴다. 이렇게 되면 즐거운 사람은 아무도 없는 셈이 아닌가? 우리나라는 전 세대를 아울러 삶의 만족도와 행복도가 낮은 편이긴 하다.

십대가 왜 중요한가?
: 십대=어른의 인생을 준비하는 시기

예나 지금이나 십대는 어른의 삶을 준비해야 하는 나이 대다. 정신적으로나 육체적으로 성숙한 어른이 되기 위해 준비해야 한다. 우리 아이들이 지레 겁먹고 어른의 삶을 무서워하기보다 어른의 삶을 차근차근 준비하면 좋겠다. 어쨌거나 어른의 삶은 오기 마련이고, 언젠가 어른으로 살아가야 하니까. 십대라는 시기는 10년밖에 되지 않지만, 어른으로서는 최소 50년 이상 길면 70년 이상을 살아야 한다.

사람은 찰흙과 비슷하다. 봉지에서 갓 꺼낸 찰흙은 어떤가? 아주 말랑말랑해서 만들고 싶은 모양대로 만들 수 있다. 자동차 모형도 만들고, 사람 모형도 만들고, 음식 모형도 만든다. 하지만 시간이 지나면 이 찰흙은 어떻게 될까? 굳어버려 더는 만들고 싶은 대로 모형을 만들 수가 없다. 사람이 만들어지는 과정도 이와 같다.

성격이라든가 습관, 인생을 바라보는 태도는 태어날 때 정해지는 것은 일부고, 대부분 성장하면서 새롭게 만들어진다. 하지만 평생 만드는 게 아니라 이십대 초반까지 만들어진다. 거의 청소년기와 일치하는 시기다. 그렇기 때문에 십대는, 단순히 그 시절의 인생만 잘 지내면 되는 게 아니라 어른의 인생을 잘 지낼 준비를 해야 하는 시기다.

어른들이 십대가 제일 좋을 때라고 말하면서 하는 부연 설명(혹은 잔소리)은 "어른들이 밥 주지, 옷 사주지, 모든 걸 다 해주니 얼마나 좋냐? 공부할 때가 제일 편한 거야. 그러니 공부만 열심히 해"다. 하지만 '닥치고 공부'(무조건 공부 열심히 해서 좋은 대학에 가면 만사 OK)는 명백히 틀렸고, 그걸 지금의 어른들이 여실히 증명하고 있다.

십대 때 해야 할 일은 공부가 아니라 **어른 인생을 위한 준비**다. 어른의 나이가 되었다고 모두 다 어른이 되는 게 절대 아니다. 어른의 삶을 준비하지 못한 채 어른이 되면 어른 생활을 제대로 할 수가 없다. 힘들고 시시한 어른으로 살아갈 수밖에 없다.

처음부터 시시하게 태어나는 사람은 없다. 시시한 어른이 된 건 바로 그들이 **십대를 잘못 보냈기 때문**이다.

인생을 살아가는 방법을 전혀 알려주지 않고 어른이 되어버리니 우왕좌왕하는 건 당연하다. 우리에게 필요한 건 영어, 수학의

지식만이 아니다. 어떻게 살아야 하는가라는 문제가 더 중요하다! 십대 때 그것을 제대로 체득하고 단단히 준비하지 못한다면 앞으로의 이십대, 삼십대에 더 혹독한 사춘기를 겪을 수 있다.

지금 이 글을 읽으며 십대들은 여전히 '으악! 어른 되기 정말 싫다!'라고 인상을 찡그릴지도 모른다. 하지만 걱정 마라. 모든 어른이 다 시시하고 재미없고 힘들게 사는 건 아니니까. '어른=어렵다'는 아직 어른 생활을 해보지 못한 십대들의 착각일 뿐이다. 재미있고 신나게 사는 어른들이 꽤 많다. 그러니 십대들이 두려워할 것은 단순히 어른이 되는 것이 아닌, 사는 게 재미없어 날마다 불평불만을 일삼는, 뚱한 얼굴을 한 '시시한 어른'이 되는 것이다.

자, 그렇다면 너는 어떤 어른이 되고 싶은가?

내가 감히 시시한 어른에 대해 이야기할 수 있는 이유는, 바로 내가 누구보다 시시하게 살아본 적이 있기 때문이다. 한 번도 시시하게 살아본 경험이 없는 사람이 말할 문제는 아니지 않은가.

솔직히 고백하자면, 나도 한때는 엄청나게 시시하고 힘든 어른 생활을 한 적이 있다. 지금은 아니지만 내 나이 스물일곱, 스물여덟 살은 다시 돌이켜봐도 정말 한심하고 시시했다.

지금부터 내가 하는 이야기는 나의 **오답 노트**다. 내 이야기를 듣고 '아, 난 글쓴이처럼 살지 말아야지'라는 깨달음을 얻는다면 더 바랄 게 없다.

　그러니까 이 글은 왜 내가 시시하게 살게 되었는지, 나아가 어떻게 시시한 어른으로부터 벗어나게 되었는지에 관한 내 삶의 이야기다.

　이 글이 조금이나마 어른을 준비하는 너의 삶에 도움이 될 수 있길, 그리고 나의 진심이 너에게 닿길.

1부 나의 사춘기에게

십대가 되면서 처음으로 눈에 보이는 물건이 아닌 다른 게 갖고 싶어졌다. 하지만 어린 시절 내가 원하는 미미 인형을 다 가질 수 없었던 것처럼, 내가 바라는 건 쉽게 이루어지지 않았다. 갖고 싶은 것과 가질 수 없는 것의 간극을 깨달으며, 그래서 실은 많이 씩씩대며 십대를 보냈다. 돌이켜보면 십대의 난 조울증 환자가 따로 없었다. 감정의 스펙트럼이 너무 넓어서 기분이 엄청 좋다가도 금세 나빠졌고, 자신이 넘치다가도 금방 주눅 들고, 0에서 10을 극단적으로 오갔다.

작가를 꿈꾸는 소녀

　어렸을 때부터 난 이야기를 무척 좋아했다. 만화책이나 동화책 읽는 것뿐만 아니라 텔레비전 드라마나 영화, 심지어 〈그것이 알고 싶다〉 같은 시사프로그램을 보는 것도 좋아했다. 이야기로 된 것은 거의 다 좋아했던 것 같다.

　그때는 이야기를 만드는 사람의 존재를 생각하지 못했다. 처음 작가를 인식한 건 초등학교 5학년 때다. 우연히 신문을 넘기는데(내가 신문을 챙겨 읽는 똘똘한 초등학생이었던 건 절대 아니다. 텔레비전 편성표를 보기 위해 신문을 펼치기만 했다), 소설가 공지영 선생님의 인터뷰와 사진이 거기 있었다. 작가가 너무 예뻐 놀라기도 했지만, 더 놀라운 건 작가라는 사람이 존재한다는 사실이었다.

이전까지 책을 보더라도 작가 이름만 봤지 사진을 본 적이 없다. 내가 즐겨 봤던 동화책과 만화책에는 작가 사진이 실리지 않았으니까. 지금도 궁금하다. 왜 소설책에는 작가 사진이 실리면서 동화책에는 실리지 않는지. 내가 쓴 책도 소설에만 사진이 실리고 동화에는 안 실린다. 동화를 읽는 사람은 작가의 얼굴을 궁금해하지 않을 거라 생각하는 걸까? 어쨌든 그때 처음으로 '작가'라는 직업에 대해 알게 됐다.

내가 처음 쓴 동화

　나도 직접 이야기를 만들어보고 싶었다. 그래서 초등학교 6학년 때, 즐겨 읽었던 동화를 흉내 내 글을 썼다. 「재판 좀 해주세요」라는 동화였는데, 반에서 사건이 일어나면 양측에 변호사가 각각 지정되어 재판을 벌이는 내용이다. 보통 동화책 한 권 분량이 원고지 400매 내외인데, 나는 딱 40매만 썼다. 도입 부분만 쓴 셈이다. 그 원고를 동화책 맨 뒷면에 나오는 출판사 주소로 무작정 보냈다.
　'만약 출판사에서 제 책을 내주신다면 제가 이걸 끝까지 쓸게요'라는 편지와 함께.

어린 마음에 출판사에서 오케이 할 거라는 기대를 품고 출판사의 연락을 기다렸다. 하지만 보기 좋게 거절당했다. 출판사에서는 원고를 돌려주면서 나중에 성숙하여 어른이 되었을 때 좋은 작가가 되라는 격려 편지를 함께 보내주었다.

실망감이 크기도 했지만 400매 분량의 글을 완성하는 건 내게 버거운 일이었기에 동화 원고는 딱 거기까지만 썼다. 아직까지 6학년 때 썼던 동화는 원고지 40매의 미완성 상태로 있다.

대리 가출을 하다

시간이 흘러 중학생이 됐다. 중학교에 입학하기 전에 중학생 생활에 대한 기대가 있었다. 그때 즈음 1318이란 말이 생기기 시작했고, 청소년이 주인공인 TV 예능프로그램이 늘어났다. 이제 더 이상 '어린이'가 아니라는 생각에 뭔가 재미있는 일이 있을 거라는 기대를 잔뜩 했다.

하지만 웬걸. 생각만큼 학교 다니는 것이 별로 재미가 없었다. 내가 원하던 남녀공학이 아닌 여중에 가게 된 것도 큰 영향을 미쳤고, 중학생이 되니 배워야 하는 과목도 많아졌고 수업 시간도 늘어났다.

학교에 있다가 나도 모르게 이런 생각을 종종 했다.

'내가 여기가 아니라 다른 곳에 있으면 얼마나 좋을까.'

집에서도 마찬가지였다. 부모님한테 혼나거나 형제들이랑 싸우면 그 생각을 했다. 당장 어딘가로 떠나야겠다는 생각을 했던 건 아니고, 그냥 학교와 집이 지루하게 느껴졌다. 중학생 때 입버릇처럼 내 입에 달고 살았던 말이 '심심해'였다. 툭하면 그 말을 내뱉는 내게 친구들은 제발 그만 좀 하라고 짜증을 부렸다.

마침 내가 중학생이던 시절, 청소년 문제 중 단골로 꼽혔던 것이 '가출'이었다. 가출이 사회적 문제로 대두되었고, 서태지와 아이들이 이를 소재로 한 〈컴백홈COME BACK HOME〉이란 노래를 내놓았을 정도였다.

내가 나온 중학교는 특히 가출한 친구들이 많았다. 중학교 1학년 때 180명이 입학했는데 졸업할 때 보니 160명이었다. 사라진 스무 명은 가출 문제로 말미암아 전학을 가거나 유급 또는 퇴학을 당한 아이들이다.

돌아오지 않은 아이들에 관한 소문은 좋지 않았고, 돌아온 아이들의 예후 역시 참담했다. 가출했던 친구들을 보며 가출해서 좋을 건 아무것도 없다는 걸 깨달았다. 하지만 학교와 집은 여전히 답답했다.

그래서 내가 생각한 것이 직접 가출하는 대신 가출을 대리 체

험하는 거였다. 십대가 가출하는 내용을 써보자! 이런 생각만으로도 흥분이 됐다.

당시 여중생이었던 나는 고등학교 오빠를 한 번 사귀어보는 게 소원이었다. 고등학생 오빠는 무슨 생각을 할까? 고등학생 오빠는 얼마나 멋질까? 등등 오빠에 대한 환상이 가득했다(그렇게 오빠, 오빠 찾더니 결국 난 여덟 살 많은 왕 오빠랑 결혼했다. 꿈은 이루어진다고나 할까……). 내가 쓰는 소설에서는 뭐든 내 마음대로 할 수 있기에, 이왕이면 주인공을 모범생에 얼굴도 잘생긴, 심지어 부자이기까지 한 고등학교 1학년 남학생인 채치현으로 설정했다. 그 당시 나의 이상형과 일치했다.

겨울방학은 길고 길었고, 어느새 700매 분량의 소설 원고를 나도 모르게 완성해버렸다. '나도 모르게'라는 표현을 쓴 것은, 쓰기 전에는 완성할 줄 전혀 몰랐기 때문이다. 40매도 버거워하던 내가 700매를 쓸 수 있었던 것은 글을 쓰는 동안 내가 직접 가출하고 돌아다니는 기분을 고스란히 느낄 수 있어 신이 나서였고, 무엇보다 주인공 오빠가 좋았기 때문이다.

완성하고 나니, 다시 한 번 출판사에 보내야겠다는 생각이 들었다. 이번에는 완성까지 했으니까 좀 더 많은 출판사에 보내보자 싶었다. 그러려면 초등학생 때 했던 것처럼 원고지 상태 그대로 보낼 수 없어 컴퓨터 워드로 옮겨 쓴 다음 프린트를 해서 열 곳 이상의 출판사에 보냈다.

출판사에서 연락이 오기 시작했다. 가출하는 내용이 권장할 만한 내용이 아니라 출판이 어렵다고 하거나, 중학생이 써서 미숙함이 많다고 했다. 책을 내주겠다는 곳은 없었다. 이미 초등학생 때 거절을 겪었던 터라 크게 실망하지는 않았다.

원고를 보낸 사실도 잊어버린 채 지내고 있던 어느 날, '문학수첩'이라는 출판사에서 연락이 왔다. 출판사에서 책을 내보자고 했다. 책이 출간되는 과정에 대해 전혀 몰랐던 터라 어리바리한 채 부모님과 함께 출판사에 갔다. 첫 만남에서 바로 계약서를 썼고, 출판사 사장님은 내게 하얀 봉투 하나를 건넸다.

봉투에는 백만 원짜리 수표 한 장이 계약금으로 들어 있었다. 그때 얼마나 놀랐는지 모른다. 중학생이 벌기에는 아주 큰돈이었기 때문이다. 게다가 지금으로부터 19년 전인 그때의 화폐가치는 훨씬 더 컸다.

그 당시 워낙 가출이 화제가 되고 있던 터라 출판사 사장님은 이 책이 베스트셀러가 될 거라고 호언장담했다. 그러면서 내게 "혜정아, 너 이 책이 베스트셀러가 되어도 절대 자만하면 안 된다"라며 몇 번이나 당부했다. 어린 나이에 맛보는 지나친 성공에 내가 잘못될까 봐 걱정했던 것 같다.

사장님이 그렇게 충고를 했는데도 어린 나의 생각은 앞서 달리기 시작했다. 책이 나오면 내 인생이 180도 달라질 줄 알았다. 이제 나는 작가가 됐다는 생각에 학교생활도 대충대충 하며 살아도 될 것 같고, 이제 내 인생의 앞날이 탄탄대로일 것만 같았다.

 그렇게 두 달 정도가 지나 '가출일기'라는 제목을 단 책이 나왔다. 그런데 책이 나온 다음의 상황은 내 기대와는 전혀 달랐다. 서점에 가면 당연히 내 책이 있을 줄 알았는데 책이 보이지 않았다. 나와 출판사 사장님의 바람을 저버리고 책은 잘 팔리지 않았고, 재고가 된 내 책은 출판사 창고에 점점 더 쌓여만 갔다. 여름방학 때 출판사에 놀러 갔다가 그걸 보고 얼마나 슬펐는지 모른다.

 게다가 제목이 '가출일기'다 보니 사람들은 내가 직접 가출을 경험한 뒤에 소설을 썼다고 생각했다. 인근 학교에 "증평여중 김혜정이 가출한 경험을 책으로 썼다더라"라는 말도 안 되는 소문이 돌았다.

 아이들만 그렇게 생각하는 게 아니었다. 한번은 책이 출간되어 어느 자리에 초청되어 간 적이 있는데, 그 관계자는 내가 직접 가출한 경험담을 썼다면서 나를 '가출 소녀'라고 소개했다. 어? 아닌데, 싶었지만 그 당시 나는 그렇지 않다는 말 한마디 하지 못한 채 속으로만 속상해했다(아직도 그렇게 알고 있는 사람들이 있다. 얼마 전에도 모 도서관에 강연을 갔는데, 사서 선생님께서 나를 가출 경험담을 소설로 쓴 작가라고 소개했다. 아, 정말 아니라고요!).

책이 안 팔리는 것도 가출 소녀로 오해받는 것도 싫었지만, 가장 싫은 건 아무도 나를 작가로 봐주지 않는다는 사실이었다. 나는 책이 나오면 무조건 작가가 되는 줄로만 알았다.

하지만 나는 어쩌다 책 한 권을 낸 여중생에 불과했다. 작가로의 신분 변화의 꿈은 보기 좋게 빗나가버렸다.

진짜 작가가 되기까지
: 이 꿈, 버려 말아?

작가로 인정받기 위해서는 '등단'이란 제도를 거쳐야 한다. 요즘은 웹소설 등 다양한 방식의 글쓰기가 늘어나 등단 기준이 조금 모호해졌지만, 아직까지도 작가들에게 어느 매체에서 상을 받았냐 하는 것은 중요한 질문이다. 대체로 신문사에서 주최하는 신춘문예나 출판사에서 공모하는 문학상에 당선되어야만 등단했다고 인정하는 분위기다. 세상이 인정하는 곳의 상을 받아야 원고 청탁도 이어진다.

나는 책을 낸 후에야 '등단'이 무엇인지, 아니 등단의 가치를 알았다. 책만 나왔다고 다 작가가 아니라는 걸 깨달았다. 책을 내고 나니 진짜 작가가 되고 싶다는 욕심이 생겼다. 여중생의 책이 아닌 '진짜 작가'의 책으로 인정받고 싶었다.

중 2 겨울부터 신춘문예에 단편소설을 써서 내기 시작했다. 중학생 때는 중학교 졸업하기 전까지 되겠지, 싶었고 고등학생 때는 고등학교 졸업 때까지, 대학생 때는 대학 졸업 때까지는 될 거라고 생각했다. 하지만 대학을 졸업할 때까지 나는 단 한 번도 당선이 되지 않았다.

나는 과연 작가가 될 수 있을까?

대학교 3, 4학년이 되자 친구들은 취업을 하기 위해 준비했지만 나는 작가가 되겠다는 일념 아래 취업 생각은 해본 적이 없다. 하지만 대학 졸업 후에도 마냥 작가 준비생으로 살 수만은 없었다. 그때 내가 생각한 것이 대학원이었다. 표면적으로 글쓰기 공부를 더 하겠다고 했지만 실은 백수가 되고 싶지 않았다. 대학원은 내게는 일종의 도피처였다. 설마 대학원을 졸업하기 전까지는 되겠지, 싶었다. 최소 2년의 시간은 벌었다는 생각으로 대학원에 입학했다.

허나 시간은 왜 그렇게 빨리 흐르는 걸까? 어느새 2년이란 시간이 흘러 대학원을 수료했다. 대학원을 다니면서 공부를 열심히 하지 않았기에 졸업이 어려웠다. 대학원은 중·고등학교나 대학과 다르게 학년을 마쳤다고 졸업할 수 있는 게 아니다. 논문을 통과해야 졸업할 수 있는데, 논문 계획서를 써갈 때마다 지도교수에게 번번이 퇴짜를 맞았다.

내 나이 스물넷, 스물다섯 때는 아침에 눈을 뜨자마자 가장 먼저 드는 생각이 있었다.

난 작가가 될 수 있을까? 만약 작가가 되지 못한다면······ 죽는 건가?

만화 속 인물 머리 위에 떠 있는 말풍선처럼 하루 종일 그 질문들이 머릿속을 동동 떠다녔다. 맛있는 음식을 먹다가도 그 생각을 하면 기분이 좋지 않았고, 〈개그콘서트〉를 보며 깔깔거리며 웃다가도 그 생각을 하면 우울해졌다. 친구들은 이미 취업해서 번 돈으로 예쁜 옷을 사 입고 여행도 다니고 그러는데 나는 그럴 수 없었다. 나는 대학원을 휴학한 백수였다.

날마다 똑같은 질문을 반복했지만 작가가 될 수 있는지에 대한 답은 도저히 찾을 수 없었다. 답이 나오지 않아 정말 죽을 맛이었다. 감정 조절도 잘 되지 않았다. 어떤 때는 지하철 안이나 또는 도서관에서 공부를 하다가도 답답함에 눈물이 났다. 그때는 내 문제가 너무 크다고 느껴져 누가 날 쳐다보든 말든 아무런 신경도 쓰지 않고 눈물을 줄줄 흘렸다.

길 잃은 사람의 이야기

작가가 되는 게 내 운명인 줄 알았고, 작가만이 내 길인 줄 알았다. 열다섯 살 이후로 내내 이야기를 만드는 사람이 되어야지, 하는 작가의 꿈만 꾸었다.

하지만 아무리 가도 가도 내가 원하는 목적지가 나오지 않으니 이 길이 내 길이 아닌 것 같았다. 10년 넘게 공모전에 냈는데도 단 한 번도 본심에조차 못 올라가다니, 아무래도 나는 작가의 재능이 없나 보다, 이건 내가 할 수 있는 일이 아닌가 보다 싶었다. 그렇게 나는 길을 잃고 말았다.

어느 날 문득 다른 사람이 아닌 나의 이야기를 해보고 싶었다. 막연하게 길 잃은 사람의 이야기를 해야겠다고 생각하고 있는데, 공모전 사이트에서 이름이 좀 특이한 상을 하나 발견했다.

'제1회 블루픽션상을 뽑습니다.'

 시시한 어른이 되지 않는 법

웬만한 공모전은 다 꿰고 있는데 이름이 낯선 상이 눈에 들어왔다. 이건 뭐지? 하고 설명을 봤더니 청소년을 위한 장편소설을 공모한다고 적혀 있었다. 청소년 문학이라는 말을 그때 처음 들어봤다. 내가 청소년일 때는 청소년 문학이란 용어가 생소했으니까. 그때 학교 선생님이 추천해주는 책은 도스토옙스키, 헤르만 헤세, 톨스토이 등 이름만 들어도 머리에 쥐가 나는 작가들의 작품이었다. 그래서 아이들은 다 같이 책을 안 읽었다.

어쨌든 소설을 뽑는 거고, 상금도 2,000만 원이었기에 이 공모전에 글을 써서 내야겠다고 생각했다. 청소년 문학상이니 소설 주인공이 십대면 될 것 같았다. 마침 내 이야기 수첩(쓰고 싶은 소재나 이야깃거리를 적어두는 곳이다)에 십대가 주인공인 것이 있었다.

예전에 베르나르 올리비에의 『나는 걷는다』라는 여행에 관한 책을 읽은 적 있는데, 프랑스에서는 소년원에 갈 아이들 중 일부(1년에 20명 정도)를 선발하여 소년원에 가는 대신 인근 국가로 도보 여행을 시키는 제도가 있다고 했다. 그 제도를 만든 사람이 바로 베르나르 올리비에다. 신문기자였던 그는 은퇴한 후 실크로드 도보 여행을 하기 시작했고, 실크로드에 대한 여행 책을 써서 받은 인세로 '쇠이유 협회'라는 것을 만들었다. 쇠이유는 '집의 문'이란 뜻으로 새로운 기회를 뜻한다. 프랑스에 그런 제도가 있다는 걸 알게 된 후, 나는 막연히 나중에 내 나이 마흔 살이 넘었을 때 진짜로 실크로드에 다녀와서 실크로드를 배경으로 한 십대들의 도보 여행기를 쓰자고 이야기 방에 넣어둔 터였다.

블루픽션상 공모전을 보자마자 마음속에 담아둔 그 이야기가 떠올랐다. 십대가 주인공이기도 했고, 그 주인공이야말로 인생에서 길을 잃은 사람이었다. 이 이야기를 꼭 써야겠다 싶었다. 하지만 나는 실크로드에 다녀온 적이 없었고, 그 당시 백수였던 내 통장에 있는 돈은 고작 5만 원이었다. 5만 원으로는 인천공항까지밖에 갈 수 없다.

어떻게 하면 실크로드에 가지 않고 실크로드를 배경으로 한 이야기를 쓸 수 있을까 고민하다가 실크로드에 관한 책이 생각났다. 학교 도서관에 있는 실크로드와 관계된 책은 모두 빌려왔다. 열다섯 권이나 되었다. 몇 날 며칠을 미친 듯이 그 책들만 봤다. 하도 많이 읽다 보니 내가 진짜로 실크로드에 다녀온 것 같은 착각까지 들었다.

책에서 본 것을 바탕으로 여행 루트를 짜고, 은성이와 보라, 미주 언니라는 캐릭터를 만들어 소설을 썼다. 두 달 반 만에 초고를 완성해 공모전에 소설을 냈다.

이번이 진짜 마지막이다, 라는 생각으로 간절히 공모전 발표를 기다렸다. 발표는 2007년 6월 말경이었고, 당선자에게 전화로 알려준다는 걸 알았기에 발표 즈음이 되었을 때 난 하루 종일 핸드폰을 손에 쥐고 있었다. 화장실에 갈 때도, 잠을 잘 때도, 밥을 먹을 때도. 모르는 번호로 전화가 오면 출판사일 확률이 높으니까 모르는 번호의 전화가 오면 너무 좋았다. 하지만 대부분은 스팸 전화였다.

멍하니 시간을 보내고 있는데 출판사에서 연락이 왔다. 이번엔 진짜였다. 공모전에 낸 지 10년 만에, 100여 번 정도를 떨어지고 난 후 처음 받아보는 당선 전화였다. 나는 담당 직원에게 몇 번이고 진짜냐고 물었다. 그때 기분은 도저히 말로 표현할 수가 없다. 내가 드디어 작가가 되다니!

당선 소식을 받은 지 8년이 훌쩍 지났지만 아직까지도 가장 행복한 순간이 언제냐는 질문을 받으면, 나는 서슴없이 "2007년 6월 27일 아침 9시 30분, X관(학교 건물 이름이 진짜 X관이다)에서"라고 시간과 장소까지 정확하게 대답한다. 그 정도로 좋았다.

당선이 됐다는 소식을 받고 꼭 일주일을 앓아누웠다. 심한 몸살이나 장염에 걸려도 절대 이틀 이상 누워본 적 없을 정도로 건강 체질이었는데, 10년 동안의 긴장감이 풀리면서 아픈 곳도 없이 앓았다.

아, 그리고 진짜로 실크로드에 갔다. 출판사에서 작가가 가보지 않고 썼다고 하면 독자들이 배신감을 느낄 거라 했고, 난 2007년 8월 한여름에 10일 동안 실크로드에 다녀왔다. 실크로

드에 직접 가보니 책에서 본 것보다 느끼고 깨달은 게 많아 10개
월 동안 내 글을 다시 썼다. 그런 과정을 거쳐 1년 후인 2008년
에 책이 출간됐다.

왜 행복하지 않지?
: 10년 만에 작가가 되었는데…

작가만 되면 더 이상 바랄 게 없을 줄 알았다. 십대와 이십대를 보내면서 나는 작가만 되면 진짜 행복할 거야, 작가만 되면 엄청 열심히 글을 쓸 거야, 라는 생각에서 한시도 벗어난 적 없었다. 하지만 막상 작가가 되고 난 후에도 크게 달라진 것은 없었다. 공모전에서 상을 받았다고 해서 내가 쓰는 글이 전부 책으로 나온다는 보장도 없었고, 갑자기 글이 더 잘 써지는 것도 아니었다.

10년 만에 꿈을 이루고 나니 스스로에게 새로운 목표를 제시했다.

"혜정아, 이제 작가가 되었으니 유명한 작가가 되어야지. 베스트셀러 작가도 되어야지" 하고.

하지만 세상에는 작가들도 많고, 책도 아주 많았다. 나는 수천 명 작가 중 한 명이었고, 내 책은 수만 권의 책 중 한 권일 뿐이었다.

동료 작가들을 알게 되자 나의 몹쓸 버릇인 '비교증후군'이 시작됐다. 다른 작가의 책이 나오거나 그들의 책이 많이 팔리기라도 하면 너무 부러웠다. 나도 유명해지고 내 책도 많이 팔리면 좋겠다는 욕심은 채워지지 않았다. 그건 결코 쉽지 않은 일이었고, 그런 것들에 신경을 쏠수록 글을 쓰는 게 점점 재미가 없어졌다.

등단 후 『닌자걸스』라는 두 번째 책이 나왔고, 그 이후 슬럼프가 찾아왔다. 어떤 이야기도 생각나지 않았고, 아무것도 쓰고 싶지 않았다. 3주가량을 집에서 멍하니 지냈다. 다른 작가가 쓴 책을 보면 질투가 나기만 해 책도 읽지 않았다.

집에만 있다 보니 너무 심심해 무심코 책장에 꽂혀 있던 일기장을 꺼내 들었다. 내가 중·고등학생 시절에 썼던 일기였는데, 거기엔 온통 작가가 되고 싶다는 이야기가 적혀 있었다. 지금 글이 너무 쓰고 싶은데 학교에 다녀야 해서 억울하다, 시간이 없어 못 쓰는 게 너무 원망스럽다, 나중에 작가가 되면 누구보다 즐겁게 글을 쓸 텐데, 같은 내용이 많았다.

일기를 읽고 나서 나 자신을 천천히 돌아보았다.

어? 지금 나는 10년 전의 내가 그토록 원하던 작가가 되어 있는데 왜 하나도 행복하지 않지?

무언가 잘못되어도 한참 잘못되었다는 생각이 들었다. '정식 작가로 등단=행복'이어야 하는데 그 공식은 조금도 맞지 않았다. 내가 시시하고 지질한 어른이었던 것은 작가가 되지 않았던 10여 년의 시간이 아니라 오히려 작가가 되고 난 후의 2, 3년 동안의 내 모습이었다. 오히려 작가가 되기 위해 계속 글을 쓰며 도전할 때는 어렵기는 했지만 삶이 재미없거나 시시하지 않았다. 하지만 정식으로 등단한 후의 내 모습은 지금 생각해도 너무 형편없다. 못나도 그렇게 못날 수가 없었다.

도대체 어디서부터 잘못되기 시작했을까? 십대에 내가 세웠던 공식이 잘못되었던 걸까?

문제가 생기면 원인을 찾아야 한다. 나는 원인을 찾기 시작했다. 한참 생각한 후에야 깨달았다. **내가 이제까지 잘못 살았구나. 십대를 잘 못 지냈구나.** 나는 어렸을 때부터 줄곧 작가라는 '무엇'이 되어야겠다는 생각만 하고 살았다. 작가가 되기 전까지는 '작가'가 되고 싶었고, 작가가 되고 난 후에는 '유명한 작가'가 되고 싶었다.

만약 내가 유명한 작가가 되고 나면 끝일까? 그다음에도 또다시 나는 새로운 무엇이 되어야 한다며 나 자신을 닦달할 게 분명하다. 더 이상 이렇게 살면 안 되겠다는 생각이 들었다. 난 '무엇'만 생각하다가 진짜 중요한 것을 놓치고 있었다.

학교와 부모님에게 전적으로 의지하지 말길 바란다. 그들은 수십 가지 가이드라인 중의 하나일 뿐이지, 절대 나의 인생을 책임져 주지 못한다. 그들의 기준에서 일방적으로 자신이 평가되는 것을 거부해라.

'무엇'이 아니라 '어떻게'

"너 커서 뭐가 될래?"

"장래 희망이 뭐야?"

"무슨 직업을 갖고 싶어?"

어렸을 적부터 수없이 들었던 질문들이다. 지금도 그러는지 모르겠지만, 내가 학교 다닐 때는 초등학교 1학년 때부터 고등학교 3학년 때까지 매년 3월이 되면 장래 희망을 적어내야 했다. 중·고등학생들도 직업이 뭔 줄 제대로 아는 아이들이 몇 안 될 텐데 초등학교 1학년이 무얼 안다고 그런 대답을 요구하는지.

조기교육의 효과 때문인지 장래 희망을 묻는 질문에 아이들은 대답을 참 잘한다. 선생님, 공무원, 변호사, 회계사, 미용사, 제빵사, 의사, 엔지니어 등등 즉각적인 대답이 나온다. 하지만 "그러면 너는 커서 어떻게 살고 싶니?"라는 물음에는 당황하며 대답을 못한다. 한참 생각하다가 나오는 대답은 '잘?', '행복하게?' 사는 것 정도다. 대부분 모르겠다고 말한다. 어떻게 살고 싶으냐는 질문을 받아본 적도, 스스로에게 해본 적도 없기 때문이다.

나도 그랬다. 어떻게 살지에 대해 생각해본 건 스무 살이 훌쩍 넘어서다. 작가가 되고 난 후 슬럼프를 겪고 나서야 처음으로 내게 물었다.

김혜정, 너 어떻게 살래?

'무엇'으로만 살 수 없는 세상

하고 싶은 일이 있고 목표로 삼은 직업이 있는 게 잘못된 것은 아니다. 오히려 그 방향을 향해 나아갈 수 있기에 장래 희망이라는 목표는 삶의 원동력이 될 수 있다. 하지만 순서가 잘못됐다. 잘못돼도 너무나 잘못됐다. '무엇'을 생각하기 전에 '왜'와 '어떻게'가 선행되어야 한다. 인생은 **'무엇'이라는 단답형이 아닌,**

'어떻게'라는 서술형으로 풀어가야 한다.

　아직까지 우리 사회에서는 돈 많이 버는 직업, 안정적인 직업 리스트를 순위별로 뽑고, 부모는 자녀에게 그런 직업을 가지라고 강요한다. 본인의 취향이나 적성을 고려하지 않는다. 그렇게 되니 막상 돈을 많이 벌고 안정적인 직업을 가진 사람들도 자신의 직업에 대한 만족도가 높지 않다.

　그런데 더 큰 문제는 그들의 리스트에 속하지 못했을 경우다. 안정적이고 돈을 많이 벌지 못하는 직업을 가진 사람들은 자신을 실패자로 여긴다. 마치 삶에서 직업이 전부인 양 직업으로 사람을 평가하고, 자신 역시 직업 평가 프레임에 갇힌 채 자존감을 잃고 사는 사람들이 많다.

　물론 직업은 중요하다. 먹고 사는 일과 직결되어 있기도 하고, 하루의 많은 시간을 그 일을 하며 보내야 한다. 그렇다고 직업을 오로지 경제적인 가치로 점수 매기고 평가하는 것은 매우 유감스럽다.

　한 고등학교에 강연을 갔다가 중학교 때 은사님을 만났다. 선생님은 실은 작가를 꿈꾸는 나를 걱정하셨다고 했다. 작가라는 직업은 돈을 많이 벌거나 안정적인 직업이 아니니까. 차라리 공부에 더 욕심을 내면 좋을 텐데, 라고 생각하셨다고 했다. 하지만 나를 다시 만난 선생님은 자신이 틀렸다는 것을 고백하셨다.

그날 선생님은 내게 많은 이야기를 들려주셨다. 10년 전만 하더라도 학생들에게 되도록 정년이 보장되거나 전문적으로 할 수 있는 직업을 가지라고 가르쳤는데, 어느 날 보니 사회가 변해 있었다. 저성장 시대, 불확실 시대에 어떤 직업도 완벽한 게 없다. 의사, 변호사가 되면 최고라 여겼는데 문 닫는 병원도 많고, 해마다 1,000명 이상의 변호사를 쏟아내는 사회에서 그들도 피터지게 경쟁해야 살아남을 수 있는 시대다. 선생님은 앞으로 학생들에게 진로 교육을 어떻게 해야 할지 고민이라고 하셨다.

어떤 사람은 자기가 원하는 직업을 가질 수 있지만, 또 어떤 사람은 그럴 수 없다. 또한 원하는 직업을 가졌다고 해서 평생 그 일을 할 수 있는 것도 아니다. 사회 변화 속도는 빠르고 평균 수명은 늘어나기 때문에 더는 한 가지 직업만을 갖고 살 수 있는 시대가 아니다. 현재 성인 기준으로 평균 일곱 번 직업을 바꾸고, 앞으로는 두세 개의 직업을 동시에 갖고 살아야 한다는 이야기도 나돈다.

그런데 왜 무엇이 되라고만 강요하는가?

어떻게 살 것인가?

슬럼프를 겪으면서 나는 **어떻게 살고 싶은지**에 대한 답을 찾기 시작했다.

우선, 내가 **좋아하는 일을 하면서 살고 싶다**는 생각이 들었고, 그 일이 현재는 글쓰기다. 그렇다면 당분간은 글을 쓰면 된다(언제까지 글을 쓸 거냐는 질문을 많이 받는데, 내가 좋을 때까지만 쓸 거다. 만약 내일이라도 갑자기 글 쓰는 게 나를 너무 힘들게 한다면 당장이라도 글쓰기를 그만둘 것이다). 그렇게 되니 글을 쓰는 이유가 명확해졌다. 내가 글을 쓰는 것은 유명해지기 위해서도, 많은 돈을 벌기 위해서도 아니라 단순히 내가 좋아서다. 이 일이 최소한 나를 먹고 살 수 있게만 해준다면 나는 책이 많이 팔리든 적게 팔리든 신경 쓰지 않기로 했다. 그렇게 생각하고 나니 글을 쓰는 게 어렵지 않고, 하나의 놀이처럼 느껴졌다.

두 번째로 내가 살고 싶은 삶은 **나를 격려하며 살기**다. 어렸을 때는 부모님이나 선생님에게 칭찬받고 싶었고, 친구들이 인정해주는 게 참 좋았다. 하지만 나이가 들면서 칭찬받을 일이 줄어들었다(어른들은 서로 칭찬해주는 것을 낯간지럽게 여긴다. 그래서인지 어른들은 칭찬을 잘 안 한다). 그래서 셀프 칭찬을 생각해냈다. 가령 맡은 과제를 끝내거나 오늘 하루 잘 살았다고 생각될 때, 강연 간 학교에서 엄청 떠들어대는 아이들 틈바구니 속에서도 화내지 않고 무사히(?) 마치고 돌아올 때 오른손으로 내 머리를 쓰다듬어준다. 속으로 "잘했어, 김혜정"이라고 말하면서. 내가 이 말을 주변 사람들에게 하면 애정결핍이 아니냐고 하지만 뭐 상관없다. 이 행위는 나를 기분 좋게 해주니까. 타인에게 칭찬받고 인정받는 것도 좋지만 스스로가 잘했다고 할 때의 기분도 못지않게 좋다.

이상하게 여기거나 쑥스러워하지 말고 이 글을 읽고 있는 너도 자신에게 한 번 해봐라. 제법 효과 있다.

세 번째는 **성실히 살되 열심히 살지 않기**다. 내게 청개구리 기질이 있어서인지 "열심히 해"라는 말을 들으면 왠지 하기가 싫다(유사어로 '최선'이란 단어도 꺼려진다). 뭘 그렇게 열심히 하라는 건지 속으로 반박하게 된다. 그렇다고 대충 하는 건 또 싫다. 내가 좋아하는 일은 잘하고 싶은 욕심도 있다. 그런데 왜 열심히 하기는 싫은 걸까?

도대체 왜 그럴까 생각하다가 사전을 찾아보았다. 난 단어의 뜻이 궁금할 때 사전 찾아보는 일을 좋아한다.

열심: 어떤 일에 온 정성을 다하여 골똘하게.

그다음 '성실'의 뜻도 찾아보았다.

성실: 정성스럽고 참되게.

내가 추구하는 건 '성실'과 잘 맞는다. 순전히 자의적인 내 해석이지만, 열심은 온 정성을 다하여 해야 하는, 다시 말해 에너지 100퍼센트를 쏟는 것이라면 성실은 적당히 80~90퍼센트를 발휘하는 것이다. 온 정성을 다 쏟아 부어야 하는 '열심히'는 내가 살고 싶은 삶의 방식이 아니다.

어쩌면 나는 내 삶에 미리 방어막을 치는 것인지도 모른다. 최선을 다하거나 온 정성을 다하여 100퍼센트 매진했는데 원하는 결과를 얻지 못한다면 나는 크게 좌절할 거다. 하지만 제법 성실히 한 정도라면 설혹 안 되더라도 덜 슬플 테니까. 이건 내가 인생을 살아가는 '눈 가리고 아웅' 식의 삶의 방법이다.

네 번째는 **내게 중요하지 않은 사람들이 날 무시하거나 상처주어도 신경 쓰지 않기**다. 살다 보면 사람관계 속에서 힘들 때가 많다. 특히 나는 매우 감성적인 사람이기에 사람들과 어울리며 신경을 많이 쓴다. 게다가 생각할 시간이 많은 직업을 갖고 있어서인지 무슨 일이 생겼을 때 곱씹어 생각을 많이 한다. 그러다 보니 상처받는 일이 많았다.

저 사람은 내게 왜 그럴까? 어떻게 나한테 그럴 수 있지? 하는 생각이 꼬리에 꼬리를 물고 혼자 속상해한다. 내 삶의 모토가 '되도록 친절하게 살자'인데, 날 함부로 하는 사람에게까지 친절하게 해야 하는 건지 딜레마에 빠지곤 한다. 그런데 문득 이런 생각이 들었다.

'만약 저 사람이 나를 소중하게 여겼다면 나에게 그렇게 하지 못했을 거야. 나를 소중하게 대하지 않는 사람이라면 나도 소중하게 대할 필요가 전혀 없다.'

그 이후로 사람 때문에 상처받는 일이 많이 줄었다. 나에게 중요하지 않은 사람들이라 생각하니, 나에게 못되게 굴어도 신경이 덜 쓰였다. 더불어 나를 함부로 하는 사람에게는 친절하게 대하지 않겠다고 다짐했고 그것을 실천 중이다. 그러니 나를 만났을 때 내가 불친절하게 군다면 그것은 당신이 나를 불친절하게 대했기 때문이란 걸 눈치챘으면 좋겠다.

다섯 번째는 **먹고 싶은 건 다 먹고 살기**다. 중·고등학생 시절 난 꽤 뚱뚱했는데 그 이유는 내가 먹는 걸 너무 좋아해서다(뚱뚱한 사람을 단순히 많이 먹기 때문이라고 단정 지어서는 곤란하다. 미식가이기 때문에 살이 찐 것일 수도 있다). 어렸을 때 하도 반찬 투정을 해서 부모님에게 혼나기도 많이 혼났다. 나는 엄마만 보면 "엄마, 탕수육 먹고 싶어", "엄마, 오늘은 닭갈비", "엄마, 짜장면" 등등 음식 이야기만 했다. 엄마는 웬만하면 내가 해달라는 음식을 잘 만들어주신 편이었는데도 내가 지나치게 먹고 싶은 게 많다 보니 어느 날 한번은 한숨을 푹푹 내쉬시면서 말씀하셨다.

"혜정아, 먹고 싶은 음식을 다 먹고 살 수 있는 사람은 없어. 그러니 좀 참고 살아."

나이가 들어 음식을 직접 만들어보니 내 요구가 과했다는 걸 알았다. 하지만 엄마 말씀처럼 먹고 싶은 음식을 다 먹고 살 수 있는 건 불가능한 일이 아니다. 내가 하루에 열 끼를 먹겠다는 것도 아니고, 고작 두세 끼 먹는다. 먹고 싶은 음식도 그리 비싸지 않다. 비싸 봐야 3만 원이 안 넘는다. 그렇기에 먹고 싶은 음식을 다 먹고 살 수 있는 삶은 충, 분, 히 가능하다. 그러기 위해서 나는 최소한 음식을 살 돈을 벌어야 하고, 직접 만들어 먹어야 하는 음식도 있으니까 요리도 할 줄 알아야 하고(요리도 배우러 다니고, TV 요리 프로그램도 즐겨 본다), 맛집 정보도 꿰고 있어야 한다. 단순히 먹고 싶은 음식 다 먹고 살려는 결심 하나만으로도 내 삶은 다양한 방식으로 풍요로워진다.

이외에도 내가 어떻게 살지에 관한 건 더 있다. 이미 지나간 일은 후회하지 않기, 남들이 한다고 생각 없이 따라하지 않기 등등. 나는 자주(특히 안 좋은 일을 겪고 났을 때) 내 삶의 '어떻게'를 생각한다.

'무엇'과 다르게 '어떻게'는 한 가지만 있는 게 아니다. 내가 살고 싶은 '어떻게'의 여러 개가 다 모이면 그게 바로 내 삶이 된다. 출신 학교, 직업, 살고 있는 아파트가 나를 이야기하는 게 아니라, 내 삶의 방식인 '어떻게'가 바로 나다.

김혜정이란 사람을 설명할 때 글을 쓰는 작가보다는 '좋아하는 일인 글쓰기를 하며, 스스로를 칭찬할 줄 아는, 제법 성실하게 살고 있고, 상처를 잘 받지 않는 단단한 마음을 가진, 먹고 싶은 음식은 다 먹고 사는 이'라고 하는 게 더 멋지지 않은가? 세상에 글을 쓰는 작가는 수없이 많지만, 이런 특징을 가진 이는 오직 나뿐이다. 내가 특별한 건 나이기 때문이다.

내가 되고 싶은 '무엇'은 내가 살고 싶은 삶을 위한 것이다. 지금 작가 일을 하고 있는 이유는 내가 좋아하는 일이고, 내 작업에 스스로 실컷 감탄할 수 있고, 사람들과 어울려 일하기보다 혼자 일하는 게 내 성향에 더 적합하고, 아침 일찍 일어나지 않아도 되어서다. 만약 작가라는 직업이 내가 먹고 싶은 음식을 사먹을 수 없을 정도가 된다면, 그래서 나의 다섯 번째 '어떻게'를 충족시키지 못한다면 나는 심각하게 고민할 것이다. 글 쓰는 일을 그만둘지도 모르고, 그래도 글 쓰는 일이 너무 좋다면 다른 직업을 추가로 가질지도 모른다.

어떻게 살지 먼저 생각해본 다음, 그에 맞는 '무엇'을 찾아야 한다. 이 순서를 헷갈려서는 안 된다. 이걸 제대로 하지 못한 채 어른이 되어버리면(최악의 경우, 그러나 참 흔하게) 자신이 어떻게 살아가야 할지 몰라 기껏 점쟁이를 찾아다니는 인생을 살 수도 있다. 제가 어떻게 하면 좋을까요? 제 인생은 앞으로 어떻게 될 까요? 라는 질문을 하며 말이다.

자기 자신을 제일 잘 아는 건, 그리고 앞으로 자신이 어떻게 해야 할지를 알아야 하는 것은 본인이다. 그런데 그걸 모르기에 자신을 잘 알지도 못하는(심지어 처음 만난 사람인) 점쟁이를 찾아 다니며 물어본다. 어디 용한 점쟁이가 있다고 하면 우르르 달려 간다. 이게 다 어떻게 살지 스스로 생각하지 못한 채 어른이 되 어서다. 제발, 점쟁이 찾아다니는 시시한 어른은 되지 말자.

자, 이제 스스로에게 물어볼 시간이다.

너는 어떻게 살고 싶니?

A 아니면 B가 있다고

매년 수능이 끝난 후 나오는 신문 기사가 있다. 올해 수능의 수준이라든가 수능 만점자 인터뷰를 생각하겠지만, 그쪽에는 별로 눈이 가지 않는다. 내 눈에 들어오는 건 수험생 수능 비관 자살 기사다. 전국에 수많은 A군과 B양과 C양과 D군…… 흔한 사건 사고라 그런지 몇 줄의 짧은 기사로 처리된다. 그런 뉴스를 볼 때마다 가슴이 턱 막힌다. 이제 겨우 열아홉, 스물인데 왜 그랬을까…….

수능 성적을 비관하여 잘못된 선택을 한 학생 역시 수능 만점 자 못지않게 열심히 공부했을 것이다. 오히려 그렇기에 그런 극 단적인 선택을 하는 게 아닐까? 아마 그 학생은 '무엇'이라는 함정에 빠져 있을 가능성이 크다. 12년의 학창 시절 동안 오로지 좋은 대학에 들어가기를 꿈꿨는데, 그게 이루어지지 못했을 때 이제까지 자신의 삶 전부가 부정되는 기분일 테니까.

자신의 인생을 '무엇' 한 가지로 정하는 건 고 3 수험생만 저지르는 오류는 아니다. 취업 준비생들 중에도 자신이 원하는 직업을 갖지 못하거나, 가고 싶은 회사에 가지 못했다고 삶을 포기하는 사람이 있다.

1년만 더 기다리지

여름이 되면 떠오르는 아이가 있다. 2010년 6월의 여름은 한참 남아공 월드컵으로 떠들썩했다(요즘은 덜하지만 2002년 한일 월드컵의 영향으로 2010년까지만 해도 월드컵 열기가 어마어마했다). 대학생이던 여동생은 친구들과 함께 시청으로 월드컵 응원을 가겠다며 신나서 집을 나섰다. 그런데 몇 시간이 지나지 않아 여동생이 울면서 전화했다.

"언니, 내 친구 P가 죽었대."

여동생은 어떻게 된 일인지 모르겠다고 했다. 나는 가장 먼저 교통사고를 떠올렸다. 이십대 여자가 갑자기 죽을 이유가 또 뭐가 있을까 싶었으니까. 하지만 P가 죽은 이유는 그게 아니었다.

P는 승무원을 꿈꾸는 예쁘고 똑똑한 여대생이었다. 영어 공부를 위해 미국으로 어학연수도 다녀오고, 학점 관리도 잘하고, 몸매도 잘 가꿨다. 같이 승무원을 준비하는 친구들이 여러 항공사 시험을 보는 것과 달리, P는 오로지 K항공에만 원서를 냈다. 주변 사람들이 K항공 외에 다른 항공사에도 원서를 내라고 했지만, P는 K항공사가 최고라며 자기는 그곳이 아니면 절대 가지 않을 거라 했다.

P가 죽은 날은 K항공사 최종 합격자 발표날이었다. P는 최종까지 올라갔지만 합격자 명단에 이름을 올리지 못했다. 그날, P의 부모님은 딸을 위로하기 위해 딸이 좋아하는 오리고기를 사주며 P를 달랬다고 한다. 네 가족이 식사를 마치고 식당에서 나오는데 P는 잠깐 바람을 쐬고 오겠다며 식구들과 헤어졌고, 식당 근처에 있는 모텔에 가서 자살을 했다. P의 죽음으로 가족들도, 친구들도 매우 슬퍼했다. 나도 P의 이야기를 듣고 한동안 마음이 좋지 않았다. 가장 슬프고 안된 이는 P일 테니까.

그렇게 1년이 지났고, 2011년 K항공사의 모집 승무원 수가 대폭 늘었다. 예년에 뽑던 승무원 수보다 두 배 가량 더 선발했다. 여성들이 많은 직업이다 보니 육아, 출산 휴가 등으로 결원이 많이 생기기 때문이다. 2011년에는 승무원을 준비하던 사람들에게 행운의 해라고 할 만큼 많은 사람이 K항공사에 들어갔다. 나의 지인 L도 그해 K항공에 입사했다.

L은 전문대 항공운항과를 졸업했지만, 승무원이 되는 게 쉽지 않아 지방항공사 발권팀에서 계약직으로 일했다. 하지만 승무원이 되겠다는 꿈을 포기하지 않고 차곡차곡 준비를 해나갔다. 일을 하면서 방송통신대를 다녀 4년제 대학 졸업장을 준비하고, 영어를 무척 싫어했지만(학창 시절 부모님이 영어 공부하라고 할 때는 정말 귓등으로도 안 들었다) 토익을 공부해서 자격 요건에 맞는 점수도 따두었다. 그리고 2011년 대량 선발 이야기를 듣고 K항공에 원서를 냈고, 지금은 K항공 승무원이 되어 전 세계를 돌아다니고 있다.

안타까워서일까. 가끔 나는 P에 대해 생각한다. 만약 P가 1년을 더 기다렸으면 얼마나 좋았을까? 만약 K항공사가 아니라 다른 항공사에도 원서를 냈다면 얼마나 좋았을까? 승무원이 안 된 것을 비관하지 말고 다른 직업으로 눈을 돌렸으면 어땠을까? 하는. 꿈을 이루기 위해 쏟은 P의 노력을 무력하게 만들려고 그런 생각을 하는 게 아니다. P의 꿈도 소중하지만 P의 남은 삶이 훨씬 더 소중하기 때문이다. 하지만 이미 일어난 일에 만약은 소용없다.

얼마 전 인터넷에서 공무원 시험을 떨어진 이십대 여성의 자살 기사를 보았다. 7년 동안 계속 떨어져 비관했다는 내용인데, 그 기사의 베스트 댓글을 보고 한참을 멍하게 있었다.

'진짜 나쁜 건 저 사람이 초중고와 대학을 거치는 동안 누구도 세상을 살아가는 길이 많다는 걸 얘기해준 어른들이 없었다는 사실이다.'

누구에게나 다음이라는 기회가 있다

내가 공모전에서 100여 번을 떨어졌다고 말하면, 사람들은 내가 무척 끈기가 있거나 인내심이 있는 사람이라 여긴다. 하지만 난 그리 인내심이 있지도 않고, 인내하는 삶을 살고 싶지도 않다. 내가 수없이 떨어졌음에도 불구하고 계속 공모전에 글을 응시했던 것은 단순한 이유 때문이다. 항상 '다음' 공모전이 있어서였다. 떨어질 때마다 슬퍼하는 동시에 '아, 다음 공모전은 또 뭐가 있지?'를 떠올렸다.

그리고 내가 작가가 된 것은 '다음'과 '다른'의 합작품이다. 사실 작가를 꿈꾸면서 청소년 소설이나 동화를 쓸 거라는 생각은 하지 못했다. 당연히 성인 독자를 위한 소설을 쓸 거라고 생각했는데, 우연찮게 청소년 소설로 등단했다. 등단 후 2~3년 동안은 주변에서 성인 독자를 위한 일반 소설을 써야 하지 않겠느냐는 이야길 많이 들었고, 나도 고민을 많이 했다(유감스럽게도 아직까지 아동, 청소년 문학을 본격 문학이 아니라고 생각하는 사람들이 있다). 하지만 청소년 소설을 쓰다 보니 내가 추구하는 글쓰기 스타일과 훨씬 잘 맞았다. 내가 쓰는 글의 주인공은 주로 십대였고, 스토리 위주의 장편이 내가 좋아하는 글쓰기다. 나는 어른 주인공과 단편 쓰기에는 별로 흥미가 없다. 만약 내가 잘 쓰지 못하는 어른 주인공의 이야기나 단편을 계속 고집했다면, 나는 아직까지 작가가 되지 못했을지도 모른다. 청소년 소설이라는 '다른' 장르에 눈을 돌렸기에 나는 작가가 될 수 있었다.

한 가지만을 꿈꾸는 것처럼 어리석은 삶은 없다. 오로지 A, 라고 인생 목표를 세우는 건 삶을 가장 어렵게 만드는 지름길이기도 하다. 나는 아이들에게 제발 한 가지만을 꿈꾸는 삶은 살지 말라고 이야기한다.

내가 원하는 A를 가질 수도 있지만 갖지 못할 수도 있다. 그렇다고 내 인생이 끝나는 것은 아니다. 우리에겐 B라는 차선지가 있다. B가 안 되면? C도 있다. 마찬가지로 C가 안 되면 D를 하면 된다. 사람에게는 항상 '다음'이라는 게 있다.

대학생 때, 소설가 박민규 선생님의 강연을 들은 적이 있다. 강연은 질의응답으로만 이루어졌는데, 한 학생이 "『삼미 슈퍼스타즈의 마지막 팬클럽』은 너무 좋았는데, 『핑퐁』은 좀 실망스러웠어요. 작가님은 어떻게 생각하세요?"라는 질문을 던졌다. 난 '앗! 작가님이 저 질문에 상처받으면 어쩌지?' 하고 혼자 속으로 걱정했다. 하지만 웬걸. 박민규 작가는 자신이 『핑퐁』을 쓸 때 개인적으로 힘든 일이 있어 마음만큼 잘 쓰지 못했던 것 같다며, "뭐 다음에 잘 쓰면 되죠"라고 매우 쿨하게 대답했다. 난 원래 박민규 작가를 좋아했지만 그 답변을 듣고 더 그가 좋아졌다. 그는 '다음'이라는 기회를 알고 있는 사람이니까.

우리에겐 늘 다음이 있지만, 다음이 없을 때가 있다. 바로 삶이 끝났을 때다. 삶이 끝나고 나면 B라는 대학에, C라는 회사에 갈 수가 없다.

하지만 삶이 계속된다면 우리는 계속 '다음'에 도전할 수 있다. 다음만 있는 게 아니라 다른 것도 있다. 그러니 오로지 A라는 생각은 당장, 머릿속에서 지워버리자. 우리에겐 A 아니면 B, B 아니면 C, C 아니면 D……가 있다.

위시리스트 만들어볼까?

살다 보면 가끔 나도 모르게 '나는 왜 사는 거지?'라는 질문을 스스로 던질 때가 있다. 답을 알기 위해 하는 질문은 아니다. 그냥 문득 그런 생각이 든 것뿐이다. 그렇다고 단순히 태어났으니까 사는 거지, 라고 대답할 수는 없지 않은가.

그럴 때마다 내게 답이 되어주는 건 바로 위시리스트wish list다. 다이어리나 빈 공책에 내가 원하는 걸 모두 적어본다. 버킷리스트bucket list와는 조금 다르다. 버킷리스트가 죽기 전에 하고 싶은 일이라고 하는데, 그건 어감이 너무 무겁고 비장해서 싫다.

내가 리스트에 적는 건 여행 가고 싶은 곳, 가보고 싶은 음식점, 갖고 싶은 물건, 내가 좋아하는 드라마의 후속 시즌 보기 등등 거창한 것들이 아니다. 자주는 아니고 몇 개월에 한 번씩 리스트를 작성한다. 되도록 직접 펜으로 써보는 걸 추천한다. 머릿속으로만 생각하면 잘 떠오르지 않을뿐더러 정리가 안 된다. 직접 써보는 순간, 그 행위만으로도 이미 그 꿈은 '상상'이 아닌 '실현'의 첫걸음이 된다. 또한 쓰다 보면 어떻게 이걸 이룰 수 있을지 방법도 떠오르게 되는데, 생각에 그치지 말고 써봐라. 메모의 효과는 생각보다 훨씬 더 좋다.

이건 내가 5년 전에 작성한 거다.

김혜정의 위시리스트 Wish List

1. 작가 해외 레지던스 참가
2. 핀란드에 가서 자일리톨 껌 씹기
3. 문학상 심사해보기
4. 김두식 선생님(『불편해도 괜찮아』 저자) 만나기
5. 〈나니아 연대기〉 영화 5탄까지 보기
6. 원빈과 저녁식사
7. 내 책이 해외 수출 되는 것
8. 그림동화책 내기
9. 〈빅뱅이론〉 10시즌까지 보기
10. 내 책이 드라마나 영화되는 것

여기에서 1, 2, 3, 4, 7번은 이미 이루어 다른 것으로 업데이트 되었고, 5번은 할리우드에서 제작 소식이 더 없어 포기했고(요즘엔 영화 〈엑스맨〉 시리즈에 빠져 있다), 6번은 원빈의 결혼으로 김수현으로 바꾸었다.

껌 씹으러 핀란드에 가다

핀란드에 가서 자일리톨 껌을 씹는 걸 고등학생 때부터 꿈꾸었다. 이걸 바라게 된 건 아주 단순한 이유에서다.

내가 고등학교 2학년 때 자일리톨 껌이 처음 출시됐다. 자일리톨 껌은 납작하고 기다랗고 말랑말랑한 기존의 껌과 달리, 하얗고 딱딱하고 반질반질한 네모난 바둑돌 모양이었다. 자일리톨 껌이 워낙 유행이다 보니 껌을 좋아하지 않던 사람들도 껌을 샀다. 실제로 슈퍼마켓에 가면 사람들의 장바구니마다 자일리톨 껌이 들어 있었고, 학생들은 쉬는 시간이면 매점에 가서 자일리톨 껌을 샀다. 평소 껌을 좋아하지 않았던 나도 자일리톨 껌은 꽤 많이 씹었다. 내 인생에서 껌을 제일 많이 씹었던 시기는 자일리톨 껌이 출시되었던 2000년이다.

자일리톨 껌은 광고를 많이 했는데, '핀란드 사람들은 꼭 자기 전에 자일리톨 껌을 씹습니다'라는 광고 문구가 있었다. 그걸 보고 나는 친구들에게 농담 반 진담 반으로 핀란드에 가서 직접 그걸(핀란드 사람들이 자일리톨 껌을 자기 전에 씹는지) 확인할 것이라고 말했다. 십대 때는 참 허황된 발언을 많이 했다. 친구 상미는 내가 배우 유지태를 너무 많이 좋아하니까 언젠가 나를 위해 유지태를 납치해주겠다고 했지만, 실은 상미에게 그런 범죄를 저지를 만한 깜냥도 없었고 유지태를 향한 나의 사랑이 그리 오래 가지도 않았다.

어쨌든 핀란드에 가는 일은 유지태를 납치하는 일과 동급으로 여겨질 정도로 말도 안 되는 일이었지만, 진짜로 나는 핀란드가 궁금해지기 시작했다. 그전에는 핀란드가 어디에 있는지조차 몰랐지만, 조금씩 핀란드에 관심을 가지면서 핀란드란 나라에 대한 정보를 찾기 시작했다.

심지어 텔레비전에서 핀란드에 관한 방송이 나오면 그게 재미없는 다큐멘터리라도 가만히 앉아서 봤다. 도서관에서 『핀란드 교육혁명』이란 뜬금없는 책도 빌려와 읽었다. 핀란드라는 단어가 들어가면 다 관심이 갔다. 핀란드는 북유럽에 있어 겨울에는 해가 일찍 지고, 여름에는 백야 현상으로 밤새 해가 떠 있다. 또 아이들이 좋아하는 산타클로스와 무민Moomin의 나라기도 하고, 복지제도가 아주 잘 되어 있는 나라다. 이전에 핀란드는 세계 160여 국가 중 한 곳에 불과했지만, 관심을 가진 이후엔 내가 여행 가고 싶은 특별한 곳이 되어버렸다.

비록 유지태에 대한 마음은 식어 내 친구를 범죄자로 만들지 않게 되었지만, 핀란드에 대한 궁금증은 사라지지 않았다.

그리고 10년이 지나 유럽 여행을 가게 되었는데 난 핀에어를 탔다. 핀란드 항공사인 핀에어를 이용하면 핀란드에서 스톱오버가 가능했다.

2011년 6월, 나는 핀란드에 도착했다. 핀란드 수도인 헬싱키는 볼거리가 많지는 않았다. 애초부터 핀란드에 기대한 건 따로 있었으니 상관없었다. 난 슈퍼마켓마다 돌아다니며 자일리톨 껌을 구경하고 샀다. 핀란드 자일리톨 껌은 종류가 서른 가지가 넘을 정도로 다양했고(질기기 정도도 다르고, 속에 별별 게 다 들어 있다), 가장 작은 기본 사이즈가 우리나라 리필용이었다. 핀란드의 비싼 물가에 비해 껌 값은 아주 저렴했다. 난 껌을 종류별로 산 후 헬싱키를 걸어 다니는 내내 껌을 씹었다.

그렇게 나는 핀란드에 가는 꿈을 이뤘고(이걸 소재로 쓴 동화책도 있다. 『우리들의 에그타르트』라는 책인데, 에그타르트에 푹 빠진 열두 살 소녀 네 명이 에그타르트의 원조 국가인 마카오에 가기 위해 돈을 모으는 내용이다), 이제는 리스트에 핀란드 대신 '뉴욕'이 적혀 있다. 뉴욕은 내가 사랑하는 미드 속 배경으로 많이 나온 곳이다. 미드의 주인공들처럼 센트럴파크 내에 있는 카페에서 아주 커다란 커피 잔에 라테를 마시고 싶다. 핀란드의 자일리톨 껌이 내 이십대를 버티게 해주었다면, 뉴욕의 라테는 나의 삼십대를 살아가게 해주는 힘이다.

너무나 멋진 김두식 선생님

위시리스트 중에 또 소중한 경험은 경북대 로스쿨 교수인 김두식 선생님을 만난 일이다.『불편해도 괜찮아』와『욕망해도 괜찮아』라는 책을 읽고 난 후 김두식 선생님의 팬이 됐다. 어찌나 위트 있게 글을 쓰는지 꼭 한 번 직접 만나보고 싶었다. 연예인이 아닌 사람을 만나고 싶다는 생각이 든 것은 처음이었다. 좋아하는 연예인이라면 팬 사인회를 하거나 콘서트를 할 때 찾아가면 되지만, 법대 교수를 만날 수 있는 기회는 흔치 않다.

그러던 어느 날 핸드폰으로 광고 문자를 하나 받았다. 그 당시 내가 모 출판사의 문학잡지를 구독하고 있었는데, 출판사에서 구독자들에게 무작위로 보낸 거였다. 또 광고네, 하고 대충 읽고 넘기려고 했는데 '김두식'이라는 글자가 눈에 확 들어왔다.

출판사 특별 이벤트로 김두식 선생님 강연회를 연다며 선착

순으로 신청하라는 거였다. 나는 얼른 인터넷에 접속해 신청했고, 재빠르게 움직인 덕분에 선착순 30명 안에 들었다. 그렇게 강연회에 가게 되었고, 김두식 선생님을 직접 만나 이야기도 듣고 책에 사인도 받았다. 그날은 정말 기분이 좋았다. 만약 내가 김두식 선생님 책을 읽지 않았더라면? 나는 문자를 스팸 취급하며, 김두식이란 이름이 참 촌스럽네 하고 넘겼을 것이다. 하지만 내가 김두식 선생님 책을 읽고 선생님을 직접 만나보고 싶다는 마음을 가졌기에 내게 찾아온 기회를 놓치지 않았다. 강연회를 기다리며, 그리고 강연을 들으며 무척 설렜다.

베를린에서 보낸 꿈 같은 4개월

작가가 되어 좋은 점이 여러 가지 있는데, 그중의 하나가 바로 작가 레지던스 프로그램(글을 쓸 수 있는 집필실을 제공하는 것)에 참여할 수 있다는 것이다. 국내뿐 아니라 해외에도 작가 레지던스가 많다. 작가가 된 후 '아, 나도 해외 레지던스 한 번 가보고 싶다'는 꿈을 가졌다. 여행 다니는 것을 좋아하지만 여행은 길어야 한 달이다. 또 여행을 가면 구경하느라 바빠 글을 쓸 시간이 없다. 하지만 레지던스에 선정되면 3개월 이상 머물며 생활할 수가 있다. 나는 작가 레지던스 프로그램을 수시로 알아보았고, 2012년 한국문화예술위원회의 지원을 받아 베를린 자유대학 레지던스를 가게 됐다. 4개월 동안 베를린에서 지내며 글을 썼다. 베를린 자유대학에서 만난 사람들과 그곳에서 얻은 경험은 글을 쓰는 데 정말 많은 도움이 됐다.

그리고 지금 내가 이 글을 쓰고 있는 장소는 바로 서울 명동에 있는 '프린스 호텔'이다. 호텔에서 작가들을 지원하기 위해 집필실을 제공하는 프로그램을 만들었고, 한 달 동안 이곳에 머무르는 중이다. 무라카미 하루키의 에세이를 읽으며(그는 자주 해외 호텔에 머물며 글을 쓴다) 난 언제 호텔에서 지내며 글을 써보나 하고 엄청 부러워했었다. 호텔에서 살아보는 게 내 바람 중 하나였는데 지금 그걸 이루고 있다.

동료 작가들은 내가 이런 레지던스에 잘 선정된다며 운이 좋다고 말하지만, 실은 내가 지원을 많이 하기에 가능한 일이다. 나는 그동안 꽤 많은 지원을 했고(지원해서 안 된 레지던스가 훨씬! 엄청! 더 많다), 그러니 확률상 뽑힐 가능성이 더 많았던 것뿐이다.

위시리스트는 많으면 많을수록 좋다. 적다면 그만큼 이룰 확률이 줄어든다. 한 가지를 바라는 사람은 운이 좋으면 그 한 가지를 이루지만, 운이 나쁘면 이룰 수 없다. 하지만 열 가지를 바라는 사람은 적게는 2~3개, 많게는 7~8개도 이룰 수 있다. 그리고 위시리스트는 이미 이룬 것은 지우고 새로운 무엇으로 끝없이 교체할 수 있다. 따라서 우리가 살면서 이룰 수 있는 것이 열 가지로 제한되는 게 아니라 쉰, 백 가지도 가능하다.

많은 걸 꿈꾸면 그만큼 많은 것을 이룰 기회가 주어진다. 기대가 크면 실망도 크다는 말도 맞긴 하지만, 기대가 없으면 이룰 수 있는 일조차 없다는 것 또한 기억하기 바란다.

기분이 좋지 않을 때는 위시리스트를 더 자주 들여다본다. 그래, 내가 뉴욕도 가봐야지. 〈빅뱅이론〉 10 시즌은 다 봐야지(드디어 올해 〈빅뱅이론〉 10 시즌이 나온다! 야호!) 하고 생각하다 보면, 그리고 바라던 바를 이뤘을 때를 상상하면 기분이 나아진다.

위시리스트는 내가 살아가는 이유에 대한 답변, 그 자체다.

진짜로 원하는 걸 찾으려면

요즘엔 진로 교육이 중요하다고 해서 중학생 때부터 학교에서 진로 관련 탐방을 하거나 직업 안내를 한다. 먹고 사는 게 중요하기에 나중에 무슨 직업을 가져야 하는가를 어렸을 때부터 고민한다. 그런데 아이들 대부분이 자신이 하고 싶은 일이 뭔지 모르는 게 가장 큰 고민이라고 말한다.

나는 아이들에게 그건 너무 당연한 것이며, 전혀 걱정할 일이 아니라고 이야기해준다. 직업을 정하는 것은 대학에 들어간 후 스무 살이 넘어 해도 충분하고, 대학에 진학하지 않는다면 고등학교 2~3학년 때부터 생각해보고 정해도 된다. 또한 처음 가진 직업을 평생 유지하는 사람이 그리 많지 않다. 그렇기에 직업을

정하는 건 딱 한 번만 하는 게 아니라, 어른으로 살아가며 몇 번
을 반복해야 하는 일이다.

좋아하는 일 VS 잘할 수 있는 일

학생들이 많이 궁금해 하는 것 중에 하나는 '좋아하는 일과
잘할 수 있는 일 중에 무얼 해야 하느냐'다. 이 질문을 하는 아이
에게 나는 되묻는다. "그러면 너는 지금 네가 잘하는 일이 무언
지 아니?" 대부분의 아이들은 헤헤 웃으면서 그것을 아직 모르
겠다고 대답한다.

아이들이 왜 이 질문을 하는지 알고 있다. 나 역시 이걸 최근
까지 줄기차게 고민해왔기 때문이다. 보통 재능이라는 건 타고
나는 것이라고 생각하기에 자신이 좋아하는 일이 있긴 하지만
재능이 없다고 생각해서 걱정한다.

'재능=잘하는 일'이고 '흥미=좋아하는 일'이라고 여긴다. 하
지만 나는 '재능'을 크게 믿지 않는다. 우리는 수많은 위인전을
읽으며 자랐고, 타고난 재능을 잘 살려 성공한 유명 인사들(김연
아라든가 박태환 등과 같은 사람)을 알고 있다. 그들을 보며 역시 천
재는 다르군, 하고 생각한다. 하지만 정말 그들은 일반인들과 다

른 특별한 재능을 가지고 있는 것일까?

물론 조금은 그렇다고 생각한다. 나 같은 골격과 체격을 가진 사람은 절대 김연아처럼 피겨스케이팅을 하지 못할 것이다. 하지만 그전에 우선 나는 춤추는 것도, 운동하는 것도 별로 좋아하지 않는다. 김연아와 박태환이 세계 최고의 자리에 오를 수 있었던 건 타고난 몸과 체력보다는 그 일을 좋아했기 때문이 아닐까?

진짜 재능이라는 건 얼마만큼 그 일을 좋아하느냐다. 내가 작가가 된 건 타고난 글쓰기 감각이 있어서가 아니라 글 쓰는 걸 좋아해서다. 내가 본 대부분의 작가들도 그렇다. 작가가 되기 전까지는 좋아하는 작가들을 상상하며 '저분들은 나랑 다를 거야', '글 쓰는 재능을 타고났겠지' 하고 생각했다. 하지만 직접 만나보니 전혀 아니었다. '아, 역시 저 작가는 다르군', '어쩜 저렇게 글을 잘 쓸 수 있지? 타고났네, 타고났어'라고 생각한 적은 거의 없다. 글을 잘 쓰는 작가들은 정말로 글 쓰는 걸 좋아하고, 그렇기에 글쓰기를 많이, 그리고 자주 하고 있을 뿐이다.

어쩌면 아직 내가 만나보지 못한 사람 중에 신이 주신 대단한 글쓰기 능력을 가지고 있는 작가가 있을지도 모른다. 하지만 그가 글 쓰는 것을 별로 좋아하지 않는다면? 그는 절대 작가가 되지 못할 거고, 작가가 되어도 지속적으로 작가 생활을 안 하지 않을까? 이는 작가라는 직업 말고 다른 직업에도 해당되는 이야기다.

흔히 부모들이 자기 자녀를 가리키며 "얘가 머리는 좋은데 공부를 안 해요"라고 말한다. 자녀들도 그 말에 동의하는지는 모르겠지만, 어쨌든 아무리 머리가 좋아도 공부를 안 하면 성적이 잘 나올 수 없다. 재능도 여기에 비유할 수 있다. 아무리 재능이 있어도 그 일을 할 생각이 없으면 소용없다.

좋아하는 일과 잘할 수 있는 일은 별개가 아니다. 잘하는 일이라도 좋아하지 않으면 그 일을 더는 잘할 수 없다. 물론 그 반대 상황도 마찬가지다. 아무리 좋아하는 일이더라도 자기 기대만큼 잘하지 못하게 된다면 더 이상 그 일을 좋아하지 못하고, 때론 싫어하게 되는 경우도 있다.

나와 함께 소설가가 되기 위해 준비하던 선배가 있다. 그 선배는 등단하지 못했고 결국 작가의 꿈을 포기했다. 그가 포기한 결정적인 이유는 더 이상 글 쓰는 걸 좋아하지 않게 되어서다. 몇 년 이상 공모전에서 떨어지다 보니 글 쓰는 일을 좋아하지 않게 되었다고 했다. 대신 지금 그 선배는 작가가 아닌 다른 직업을 가지고 잘 살고 있다. 작가가 되는 걸 충분히 시도해보았기 때문에 미련은 없다고 했다. 만약 시도해보지 않고 지레짐작으로 잘하는 일이 아니어서 그만두었다면 평생 아쉬워했을 거란다.

좋아한다고 다 잘할 수 있는 건 아니다. 하지만 좋아하지 않으면 그 일을 잘할 수 있는지 없는지조차 테스트해볼 수 없다. 무슨 일이든 직접 해보기 전까지는 알 수 없다.

미리부터 계산하지 마라. 수학은 싫어하면서 자기 인생을 두고는 계산하기 바쁘다. 이 일을 하면 내가 성공할 수 있을까? 돈을 잘 벌 수 있을까? 평생 할 수 있는 일인가? 이리저리 재지 말고 시도부터 해봐라. 당장은 잘할 수 있는 일보다는 좋아하는 일이 무엇인지를 찾고, 그 일을 직접 해보면서 정말 자신이 잘할 수 있는지 없는지를 스스로 깨달으면 된다. 그러니 계산기는 당장 넣어두길.

꿈이 평생 꿈으로만 남는다면?

말은 지나가면 잊히는 게 대부분이다. 그런데 내가 들었던 말 중에 절대 잊을 수 없는 말이 하나 있다. 내가 대학원을 다닐 때다. 국문과 대학원은 창작을 하려는 사람보다는 국문학 공부를 하려는 사람이 대부분이다. 간혹 나와 같은 마음에서 대학원에 진학한 사람들이 있었지만 분위기상 환영받지 못했다. 공부만 하기 위해 온 사람들 눈에는 공부도 좀 해보려는 사람이 예쁘게 보이지는 않을 테니까.

그래서 대학원 사람들에게 소설을 쓰는 게 궁극적인 목표라는 말을 웬만하면 꺼내지 않았다. 어쩌다가 술자리에서 친한 선배에게 "실은 작가가 되는 게 꿈이에요"라는 말을 한 적이 있는데, 그때 그 선배가 이렇게 말했다.

"혜정아, 너 그거 잘못하면 평생 꿈으로만 남는다. 여기 너 같은 애들 한두 명 아니야."

선배는 지나가듯 한 말이지만 나는 그 말이 너무나 무서웠다. 꿈이 평생 꿈으로만 남는다는 게 무슨 말인지 알고 있으니까.

실제로 대학원에는 등단을 하지 못해 어쩔 수 없이 계속 학교를 다니는 사람들이 제법 있었다. 대학원을 그만두고 취업을 하면 글을 쓸 시간이 없을 테고, 그렇다고 공부에만 매진하기에는 글을 쓰고 싶은 마음이 크기에 이러지도 저러지도 못하는 것이다. 확실히 그런 사람들은 티가 났다. 나 역시 그런 부류였기에 수료를 하고 논문을 쓰기까지 꽤 오랜 시간이 걸렸다. 다른 학생들에 비해 2년 이상 더 늦어졌다.

선배의 충고는 내 머릿속을 떠나지 않았다. 정말 선배의 말처럼 내 꿈이 평생 꿈으로만 남는다면 어떻게 될지 두려웠다. 당시 나는 대학원에 다니고 있어 글쓰기에 전념하지도 못했고, 그렇다고 대학원 공부를 열심히 하지도 않았다. 이도 저도 아닌 상태라는 말이 딱 맞았다.

더 이상 언젠간 되겠지, 라며 자신을 위로하고 있을 수만은 없었다. 지금의 상태가 계속된다면 꿈은 꿈으로만 남을 게 분명했다.

그래서 이제까지와는 다른 방법을 모색했다. 대학원을 수료한 후 논문이 밀려 어쩔 수 없이 휴학을 하게 되었는데, 휴학한 후 논문 준비를 하지 않았다. 휴학과 동시에 논문 생각을 접었다. 논문을 준비하면서 창작을 함께 하는 방법이 어렵다면, 둘 중 하나에 집중하는 게 더 낫겠다는 판단에서다.

휴학기간 동안 논문 준비를 하지 않고 공모전에 더 몰두했다. 10년 가까이 공모전에 도전했지만, 학생의 신분을 벗어나 글만 쓰는 건 처음이었다. 최소한 1년은 다른 일에 신경 쓰지 않고 오로지 글만 써야지 했는데, 다행히 그 시간 안에 등단을 했다.

지금 생각해보면 논문 쓰기를 놓지 못했다면 등단하기까지 더 오랜 시간이 걸렸을 것 같다. 꿈이 꿈으로만 남는다는 상황의 공포가 나에게 새로운 대안을 제시해준 셈이었다. 꿈이 평생 꿈으로만 남는 것처럼 무섭고 슬픈 일은 없다.

너는 무엇이든 될 수 있다

사람들에게 왜 십대도 아니면서 십대 이야기만 쓰느냐는 질문을 자주 받는다. 처음엔 글쎄요, 하고 넘겼는데 나도 궁금해졌다. 왜 내가 십대가 주인공인 이야기만 쓰는지. 왜 그럴까 곰곰이 생각해보니 내가 십대라는 나이 대를 가장 좋아해서다.

가령 내가 어떤 소재와 상황을 떠올렸을 때, 주인공을 이십, 삼십대로 설정하면 이야기가 별로 재미없다. 아무래도 이십, 삼십대는 십대들만큼 능동적이지 못하니까. 십대 인물은 스펀지 같아서 새로운 상황 변화에 당황하면서도 잘 적응하며 바뀌어 간다. 인물이 잘 변해야 이야기가 더 재밌다. 그래서 나는 십대 이야기를 하는 것 같다.

어른들은 십대들에게 "너는 아직 어리기 때문에 무엇이든지 될 수 있다. 뭐든지 할 수 있다"라는 말을 한다. 틀린 말은 아니다. 십대는 아직 말랑말랑한 찰흙이라 뭐든지 될 수 있고, 할 수 있다. 십대 시절 나도 그 말을 자주 들었는데 그땐 어른들의 잔소리라 여겨 가벼이 들어 넘겼다. 그런데 어른이 되어보니 그 말이 맞다. 다만 아쉬운 건 어른들이 그 말을 하면서 진짜 중요한 말을 괄호 속에 집어넣고 해주지 않는다는 사실이다. 그래서 지금 나는 여기에서 진짜 숨겨진 말을 이야기해줄 생각이다.

그것은 바로 **십대들은 나중에 그 어느 것도 되지 않을 수도 있다**라는 말이다. 어떻게 살지 생각하지 않고 바라는 것 없이 가만히, 멍한 상태로 십대를 보낸다면 20년 후, 30년 후에 자신은 어느 것도 되지 않은 상태로 보잘것없는 시시한 삶을 살고 있을 것이다. 아무 노력도 하지 않고 대처 방안도 갖고 있지 않았을 때 꿈이 평생 꿈으로만 남는 것처럼 말이다.

잊지 마라.
너는 무엇이든 될 수 있다. 하지만 십대를 가만히 보내면 아무 것도 되지 않을 수 있다!

3부 도대체 나란 사람

: 나 사용법 만들기

Welcome
to my
future

나 자신에 대해 얼마만큼 알고 있을까?

의외로 자기 자신에 대해 잘 모르는 사람들이 많다. 자신의 성향과 성격 등을 알고 삶의 기준을 세운다면 사는 게 편해질 텐데. 자신과의 갈등을 최소화하고 타인과 겪는 어려움을 피하는 일은 스스로에게 달려 있다.

기계에 사용설명서가 있는 것처럼 사람도 마찬가지다. 자신이 어떤 사람인지 연구하는 일은 꼭 필요하다.

내 인생의 기준 세우기
: 어른의 인생 = 셀프

어릴 때는 나이가 들면 자동으로 어른이 되는 줄 알았다. 0세에서 2세까지는 영아, 2세에서 6세까지는 유아, 6세에서 13세까지는 어린이, 14세에서 20세까지는 청소년⋯⋯ 이런 식으로 스무 살이 되면 어른이라고 생각했다. 하지만 스무 살 이상의 사람을 성인이라고 할 수는 있지만, 성인이라고 다 어른은 아니다. 나이가 들었다고 전부 어른이 되는 건 아니다. 그렇다면 도대체 어른은 어떻게 되는 걸까? 어른의 기준은 뭘까? 난 어른의 나이가 된 후 비로소 어른의 자격에 대해 고민했다.

어른으로 살아보니 진짜 어른이 되려면 '독립'이 필요하다는 걸 깨달았다. 독립에는 두 가지가 있다. 정신적 독립과 경제적 독립. 이 두 가지가 모두 이루어져야만 진짜 어른이라고 할 수 있다. 자신의 일을 결정하지 못한 채 다른 사람들에게 의지하는 사람은 정신적으로 어른이 되지 못한 것이다. 마찬가지로 부모에게 돈을 받아 쓰면서 부모가 자신의 일을 반대한다고 투정 부리는 이는 경제적 독립을 하지 못한 사람이다. 더 이상 다른 어른의 보호를 받지 않을 수 있을 때 어른이 될 수 있다. 어른이 어른을 보호하는 일은 없으니까.

한마디로 '어른의 인생=셀프'다. 어른들은 자신의 일을 스스로 알아서 해야 한다. 그걸 모른 채 어른이 되었기에 힘들다고 토로하는 사람이 많다. 십대 때까지만 하더라도 부모님이나 선생님이 옆에서 많이 도와주고 지도를 해준다. 그것에 익숙해져버린 아이들은 으레 어른이 되어도 그럴 거라 생각하지만 그렇지 않다. 물론 어른이 되어서도 부모나 친구, 선배들의 도움을 청해야만 사는, 아직 덜 자란 사람들이 있긴 하다.

중·고등학생 때 성적이 나쁘면 부모가 혼을 내지만, 회사 생활을 하면서 인사고과가 좋지 않다고 부모가 혼을 내지 않는다. 서른 살이 넘은 자녀에게 토익 점수를 올려라, 중국어를 더 공부해서 승진해라, 하고 잔소리하는 부모는 거의 없다.

어른이 되면 스스로 자신의 인생을 관리하며 살아간다. 이 과정을 스무 살 이전까지는 부모가, 스무 살 넘어서는 자신이, 라고 이분법적으로 구분하는 건 곤란하다. 십대 때부터 서서히 자신의 인생을 살아가는 법을 터득해야 하고 깨우쳐야 한다. 어느 날 갑자기 어른의 삶을 터득하게 되는 게 절대 아니니까.

그렇다고 미리부터 무슨 대단한 준비를 하라는 말이 아니다. 하나씩, 하나씩 자신의 인생 습관을 만들어나가야 한다.

너를 위해? 아니, 나를 위해!

부모님이나 선생님이 아이들에게 공부하라면서 꼭 덧붙이는 조항이 있다.

"이게 다 나를 위해서 하는 말이니? 다 너를 위해서지!"

우리 사회에는 이타적인 어른들이 정말 많다. 너를 위해, 너 잘되라고 등등 참 고마운 말이고 행동이긴 한데 그게 늘 고맙기만 한 건 아니다. 물론 처음에는 아, 나를 위해서 해주시는 말씀이구나, 하고 감사하게 들을 수 있다. 하지만 그 말이 반복될수록 감흥이 없고 더 나아가면 잔소리로만 느껴진다. 그리고 의심하게 된다.

정말 나를 위한 말일까? (시키는 대로 하면) 진짜 나한테만 좋은 걸까?

나는 의심이 많고 고분고분한 성향의 아이가 아니었기에 그 말을 곧이곧대로 듣지 않았다. 학생들이 좋은 대학에 가면 학생만 좋은 게 아니다. 학교나 선생님에게도 득이 된다. 이 말은 내가 삐딱한 사람이라 우기는 게 아니다. 입시 발표 철에 학교 정문마다 붙어 있는 플랜카드(가령 S대 5명 합격, Y대 3명 합격 식)와 대학 진학률로 매기는 학교 순위가 존재하는 것을 보면 알 수 있다.

자녀가 잘되면 부모들도 어깨를 쫙 펴고 다닌다. 주변에 자식이 다니는 학교나 회사를 자랑하는 어른들이 참 많다.

(자, 이래도 계속 '다 너를 위해서'라고 말할 수 있나요?)

'너를 위해'라는 말에는 '나도 좋고'라는 말이 괄호 쳐져 있다. 풀어서 이야기하자면 '실은 너를 위해서가 70퍼센트고, 나를 위해서도 30퍼센트다'라는 것이 진실에 가깝다. 그런데 '너를 위해'라는 말에 노이로제가 걸린 아이들은 어른들 말이라면 다 짜증스럽게 듣고 믿지 않는다. 정말 나를 위한다면 내가 숨 쉴 시간을 줘야 하고 내 말에 귀를 기울여야 하는데, 그렇지 않고 닦달하는 경우가 많다. 부모와 사이가 좋지 않아 일부러 공부를 하지 않는다는 아이의 경험담을 들은 적도 있다. "흥! 누구 좋으라고 내가 공부해요? 내가 잘되면 우리 엄마, 아빠만 좋겠죠"라면서.

이렇게 '너를 위해'를 믿지 않아도 문제가 되지만 너무 믿어도 문제가 된다. 부모님이나 선생님이 기대하는 만큼 되지 못했을 때 아이들은 부채의식을 갖는다. 부모님이 나를 위해 저렇게 애쓰는데 왜 나는 이것밖에 못할까? 다 내가 문제야, 라며 자신을 세상에서 가장 못난 존재로 만들어버린다. 스스로에게 미안함을 넘어서 나를 위해 애써준 분들에게 미안하다고 느낀다. 그럴 때 자존감은 바닥을 친다. 하지만 내가 부족한 면에 대해서는 나 자신에게만 미안해하면 된다. 그렇다고 부모에게 "그러니까 누가 지원해달라고 했어요?"라며 뻔뻔하게 대들라는 말이 아니다. 약간의 죄송함을 느끼면 되지, 부모에게 무지막지한 피해를 입혔다고 생각하며 자신을 패배자로 여겨서는 안 된다.

그리고 자녀들의 착각만큼 부모들은 자녀를 위해서만 살지 않는다. 부모들도 부모의 인생이 있다. 혹여 어떤 부모는 오로지 자녀의 성공을 위해 살지도 모른다. 그렇다고 자녀까지 그 레이스에 함께 참여할 의무는 없다. 그런 부모들이야말로 실은 나를 위해 네가 잘 되길 바라고 있는 사람으로, 자기만족을 위한 방편인 경우가 크다. 평생을 부모가 시키는 대로 살면서 제 목소리를 내지 못하는, 육체만 어른인 사람들이 많다. 그리고 그들은 또다시 자기 자녀에게 '너를 위해'라는 말을 남발하며 악순환을 반복하게 된다.

너를 위해라고 말하는 사람은 남 탓도 잘한다. 모든 걸 내가 아닌 상대를 중심으로 놓기에 일이 잘 안 풀렸을 때 상대를 탓한다. 너 때문에 잘못된 거야, 네가 문제야, 라며 비난의 주체도 내가 아닌 '너'다. 듣는 사람 입장에서는 정말 짜증난다. 반면에 갈등이나 다툼이 일어났을 때, 너를 탓하기보다 '나'를 중심에 두면 소통이 원활해진다. "자꾸 그럴래? 혼나야 정신차리지"라는 말에는 '너'가 생략되어 있고 비난의 화살도 상대에게로 향해 있다. 이 말을 들으면 위축될 수밖에 없다. 반대로 "나는 네가 그러지 않았으면 좋겠어. 자꾸 그러면 내가 힘들어"라고 내 입장에서 말하면 오히려 상대가 잘 이해한다(심리학에서는 이를 '나-메시지 표현법'이라고 한다).

내 인생은 나를 위해 사는 것이다. 왜 솔직하게 나를 위한다고 말하지 못하는가? '나' 없이 살고 있는 사람들이 아직까지 너무나 많다.

이 글을 읽는 네게 당부하고 싶다.

인생, 각자 살자.

제발 '나를 위해' 살자.

누구의 기준으로 살 거야?

　나를 위해 살려면, 먼저 내 인생의 기준을 '나'로 세워야 한다. 다른 사람과 비교하며 인생의 기준을 자신이 아닌 타인으로 삼는 사람이 아주 많다.

　태어나는 순간부터 비교 전쟁(진짜 전쟁이다, 전쟁!)이 시작된다. 아이가 자신의 존재를 스스로 인식하기 전부터 부모들은 "누구는 벌써 걷는다던데", "이제 말할 때 되지 않았나?"라는 성장 발달부터 시작해, 학교에 들어가면 성적과 관련해 본격적으로 비교한다. 한때 '엄친아', '엄친딸'이라는 말이 유행한 적이 있다. 엄친아는 엄마 친구 아들, 엄친딸은 엄마 친구 딸의 줄임말로 공부 잘하고, 예쁘고, 능력 있는 소위 잘나가는 사람을 두고 하는 말이다. 처음 이 말을 들었을 때 무슨 뜻인지 잘 이해가 되지 않았다. 잘난 사람과 엄마 친구 아들, 딸이 무슨 상관이지? 하지만 두 번 생각하니 바로 이해가 갔다. 나에게도 엄친아, 엄친딸이 있었으니까.

　아마 너는 한 번 이상 "내 친구 아들이 이번에 전교 몇 등을 했다더라", "내 친구 딸이 영어경진대회에서 최우수상을 받았대"라는 부모의 얘기를 들었을 것이다. 엄친아는 참 멀지만 가까운 존재다. 얼굴 한 번 본 적 없는 사이임에도 불구하고 끊임없이 그들과 비교당해야 한다.

학창 시절이 지나면 엄친아가 내 곁을 떠날 것 같지만 결코 그렇지 않다. 취업할 때가 되면, "내 친구 아들은 이번에 ××에 들어갔다더라"라는 말이 들려오고, 결혼할 때가 되면 "내 친구 딸은 누구랑 결혼을 했다더라", 명절이 되면 "내 친구는 자식한테 ××를 선물 받았더라"는 이야기를 듣게 된다. 심지어 엄친아, 엄친딸에 이어 아빠 친구 딸인 '아친딸', 시어머니 친구 며느리인 '엄친며', 엄마 친구 사위인 '엄친사'까지 활동 중이다. 이렇듯 엄친아는 보이지 않는 유령처럼 우리 옆에 바짝 붙어 평생을 동행한다.

워낙 비교를 많이 당하며 자라서인지 아이들도 자연스레 자기 자신을 그 비교 기준대 위에 세운다. 많은 아이가 남과 자신을 비교한다.

'나는 얼굴이 예쁘지 않아', '내 성적은 왜 이 모양이지?', '우리 집은 왜 잘 살지 못할까?' 등등 끊임없는 비교 속에서 자신이 가지지 못한 것을 욕심내고, 자기 자신을 부족하고 하찮게 여기는 아이들이 많다. 성적, 외모, 집안 환경 등 끊임없이 비교 기준을 세우고 자신이 그에 미치지 못하면 고민하고 좌절한다. 비교당하며 사는 걸 끔찍하게 여겼던 아이들이 자기 스스로 남과 끊임없이 비교하며 살아간다. 자라면서 엄친아만큼 반갑지 않은 존재가 없을 터인데, 문제는 엄친아에 치를 떨던 사람들이 똑같이 자기 자신에게 엄친아를 만들어준다.

비교만큼 사람을 초라하게 만드는 게 없다. 사람들은 모두 제 각각 고유한 특성을 가지고 있다. 사람은 한 사람의 복제인간이 아니기에 다 다를 수밖에 없다. 어느 누구 하나 같은 사람이란 없고, 하물며 쌍둥이들조차 다르다. 하지만 그 사실을 알면서도 무언가와 비교하는 일을 쉽게 멈추지 못한다.

나 역시 그랬다. 작가가 되고 난 후에는 이중의 비교질을 했다. 내 삶의 기준을 나 자신으로 세우지 못한 채 동료 작가들과, 또 작가가 아닌 직업인 정규직을 가진 친구들과 나를 끊임없이 비교했다. 아무도 경쟁 신청을 하지 않았지만 나 혼자 씩씩대며 칼을 휘둘러댔다. 결국 피곤해지고 힘이 빠지는 건 나 자신이었다. 도대체 내가 뭘 하고 있는 건가 싶었다. 내 삶의 목표는 경쟁이나 비교가 아닌데.

내 삶의 중심은 나 자신이 되어야 한다. 세상의 수많은 기준에 끌려 다니다 보면 자기 자신을 잃고 만다.

비교증후군에서 벗어나기

사람은 참 이중적이게도 뭉뚱그려 같은 취급을 받는 걸 싫어하면서도 나 혼자만 다를까 봐 걱정한다. 살아가면서 남들이 하니까 따라 하는 것들이 얼마나 많은가? 학원에 다니는 것도 혹시 나만 뒤처질까 봐, 대학에 가는 것도 남들이 가니까, 어학연수도 친구가 가니까…… 평생을 비교하면서 살아간다.

물건을 구입할 때도 마찬가지다. 유행이라고 하면 너도 나도 할 것 없이 같은 브랜드의 옷을 사 입고, 영화나 책을 구매할 때도 사람들이 제일 많이 본 걸 고른다(취향 따위는 고려하지 않은 채 인기가 많다면 무조건 보는 '내 취향=베스트셀러'인 사람이 많다). 타인을 따라 사는 건 어찌 보면 참 편한 방법이긴 하다. 스스로 고민하거나 생각할 시간을 줄여주니까.

하지만 진짜 문제는 남이 하는 것을 하지 못하는 상황에 처했

을 때, 이를 비관하게 되는 경우다. 저마다 상황과 처지가 다르기 때문에 모두 똑같은 상황에서 살아갈 수 없다. 1등 하는 사람이 있으면 자연스레 10등 하는 사람도 있는 거고, 모두 같은 브랜드의 옷을 사 입을 형편이 되는 것도 아니다. 하나의 기준을 '일반'과 '정상'으로 상정한 뒤 그에 미치지 못하는 것을 비정상으로 여긴다. 남과 다르다는 것을 불안해하는 사람들이 정말 많다.

또한 나와 다르다는 이유로 상대를 인정하지 않고 비정상으로 모는 이들이 있다. 이들은 자신의 생각과 가치관이 다르다고 해서 상대를 비하하고 이상하게 여긴다. 이는 모든 일에 정상이 있다고 믿는 정상증후군의 부작용이다.

비교하는 습관을 버리자. **내 인생의 기준은 타인이 아닌, 나 자신이다.** 나는 나로서 충분히 가치 있는 존재인데, 왜 다른 사람과 비교하며 주눅 들고 자책해야 하는 것일까? 친구가 하는 것을 내가 하지 못한다고, 친구가 가진 것을 내가 가지지 못했다고 내 삶이 초라하거나 형편없는 게 아니다. 친구는 친구고, 나는 나다. 내 삶은 내가 살아가는 것이지 절대 타인이 대신 살아주지 않는다. 아니 그럴 수도 없다.

그러니 이제 인생에 쓸모없는 비교질은 그만하자. 지금부터 해야 할 일은 바로 내 인생의 기준을 나를 중심으로 세워나가는 연습이다.

내가 해야 할 일 VS 하지 않아도 될 일

내 인생의 원칙을 세우자

내 삶의 기준을 '나'로 세우기로 결심한 후 어떻게 살까를 고
민했다. 기준이 있으려면 나름의 규칙이 필요하다. 그때그때마
다 다른 기준이 있는 것보다는 하나의 규칙을 세우는 게 편리
하다.

세상의 규범과 규칙만큼 중요한 게 바로 내가 세운 나만의 '원
칙'이다. 원칙은 어떤 행동이나 이론 따위에서 일관되게 지켜야
하는 기본적인 규칙이나 법칙을 말한다. 이게 필요한 이유는 나
를 닦달하기 위해서가 아니라 나 자신이 편해지기 위해서다.

우선 내 습관 중에서 좋은 게 뭘까 따져보았다. 괜찮은 습관은 계속 지켜나가고, 반대로 좋지 않은 습관은 버리거나 고치는 것이 나 자신을 위해서도 좋다.

어렸을 적부터 내가 잘하는 일 중 하나는 '해야 할 일을 뒤로 미루지 않기'였다. 초등학교 1학년 때부터 집에 오면 내가 가장 먼저 하는 일은 숙제하기였다. 부모님이 그러라고 시키지 않았는데도 학교에서 돌아오면 으레 숙제부터 했다. 나에겐 형제가 세 명 있는데, 다른 형제들은 그렇게 하지 않은 걸 보면 환경 때문은 아닌 듯하다.

해야 할 일을 하지 않고 있으면 불안하여 할 일을 먼저 하고 놀았다. 완성도는 별로 중요하게 여기지 않았다. 숙제를 잘했다고 칭찬받은 기억이 거의 없다. 지적받거나 혼나는 게 싫어서 제출에만 의의를 두었던 것 같다. 잘해야겠다는 욕심을 낸 적이 없다.

두 번째 마음에 드는 건 '계획 세우기'다. 중학생이 되면서 다이어리를 쓰기 시작했고, 한 주가 시작되기 전인 일요일이 되면 일주일 치의 할 일을 미리 정해두었다. 공부해야 할 과목이나 분량, 글쓰기 계획, 심지어 간식 식단표도 짰다. 이게 습관화되어 아직까지 일주일 계획을 미리 짜둔다. 이런 습관을 오래도록 해오다 보니 살면서 쫓기는 기분이 들지 않는다. 그러다 보니 오늘

할 일을 내일로 미루지 않되, 절대 내일 할 일을 오늘 하지도 않는다. 학창 시절에는 하루에 공부하기로 한 분량과 시간을 넘어서는 절대 공부하지 않았고, 지금도 하루 정해둔 분량의 원고만 쓴다. 글을 더 쓰고 싶어도 정해진 양과 시간을 채우면 더는 쓰지 않는다. 그러면 다음 날 글을 쓰는 게 더 기대가 된다.

그렇다고 내가 모든 일에 시간과 양을 지키며 사는 건 아니다. 하루에 먹을 양 이상의 과식을 하고, 어떤 날은 열두 시간 넘게 누워서 드라마를 보기도 한다. 하지만 이런 건 한 달에 한두 번 일어나는 일이고, 나름 원칙에 맞는 생활을 한다.

'할 일 미루지 않기'와 '계획 세워 생활하기'는 내가 생각했을 때 꽤 괜찮은 습관이기에, 이 두 가지를 내 삶의 원칙으로 삼아 생활하고 있다. 그러다 보니 일할 때 우왕좌왕하거나 당황한 적이 별로 없었던 것 같다.

물론 고치고 싶은 버릇도 있다. 그중 하나가 일어나지도 않은 일을 두고 미리 걱정하는 일이다. 심할 때는 사흘 밤낮을 가리지 않고 한 가지 걱정에 빠져, 과장이 아니라 정말 머리가 터질 때까지 그 생각만 한다. 질릴 때까지 그 생각을 하고 질리고 나서야 그만둔다. 나 자신도 이것은 습관이라기보다는 '나쁜 버릇'이라고 생각한다(습관과 버릇은 비슷한 단어이긴 하지만, 습관은 왠지 좋고 버릇은 나쁜 것처럼 느껴진다). 나쁜 버릇을 쉽게 고칠 수는 없겠지만 되도록 하지 않으려고 노력하고 있다.

좋은 습관을 원칙으로 삼는 것만큼 나쁜 버릇을 버리는 것도 모두 나 자신을 위해서다. 이것들은 모두 주변에서 알려주는 게 아니라 스스로 알아차려야 한다. 이상하게 주변에서 지적하면 나 자신이 인정하고 있던 일도 고치기가 싫어지니까.

하기 싫은 일을 하지 않을 권리

사람이 살아가면서 의무적으로 해야 할 일이 너무 많다. 나이 대와 역할에 따라 과업이라는 게 주어진다. 태어나서는 걷는 것도 배워야 하고, 말하는 것도 익혀야 한다. 그러다가 학교에 입학하면 친구들과 잘 어울릴 줄도 알아야 하고, 숙제도 해야 하고, 시험도 치러야 한다. 고등학교나 대학을 졸업한 후에는 취업을 해야 하고, 직장에서는 끊임없이 해야 할 일들이 생긴다. 어찌 보면 사람은 평생 해야 할 일에 쫓겨 사는 존재 같다. 그렇기에 "아, 공부하기 싫어", "시험보기 싫어", "학교 가기 싫어" 등 해야 할 일을 하기 싫다고 말하는 자신을 종종 발견하게 된다.

왜 해야 할 일들이 이렇게 많은 거지? 왜 나에게는 할 일만 잔

뜻 있는 걸까?

　고등학생 때, 내가 가장 하기 싫은 일이 뭘까 생각했다. 살면서 별로 하고 싶지 않은 일을 꼽아보니 두 가지였다. 첫 번째는 영어 공부, 두 번째는 운전면허 따기였다. 한국 사람이 한국말만 잘하면 되지 굳이 영어 공부를 왜 해야 하는지 이해하지 못했고 (그건 지금도 마찬가지다), 교통수단이 발달되어 있는데 굳이 나까지 운전을 해야 하나 싶었다.

　막연히 두 가지는 절대 하지 않으며 살고 싶다고 생각했고, 내가 그걸 친구들에게 말하면 다들 그게 쉽게 되겠냐고 했다. 나중에 어른이 되어 사회생활을 할 때 영어 공부와 운전은 필수라고 했다. 실제로 주변을 보면 수능이 끝난 고3 수험생과 대학교 1학년생들이 방학 때 가장 많이 하는 일이 영어 공부와 운전면허 따기다.

　내 다짐을 두고 주변에선 절대 안 될 거라고 했다. 그래서 한 친구와 내기까지 했다. 내가 운전면허를 취득하면 친구에게 1,000만 원을 주고, 내가 취득하지 않으면 친구가 내게 1,000만 원을 줘야 한다. 그 당시 1,000만 원이란 돈은 고등학생이 생각할 수 있는 나름의 큰돈이란 상징성이 있었다. 죽을 때까지로 기한을 정해두면 공정하지 않을 것 같아 우선 마흔 살까지 따지 않고 있으면 친구는 내게 500만 원을 주기로 했다.

친구와 한 내기에서 현재까지 내가 우위에 있다. 난 운전면허를 취득하지 않았다. 서른네 살이나 되어 운전면허가 없다고 하면 "왜 아직까지 그걸 안 땄어요?" 하고 묻는 사람이 많다. 자가용을 소유하지 않아도 운전면허쯤은 필수로 갖고 있어야 한다는 듯이.

영어 공부도 안 했다. 토익, 토플 등 영어 시험이 많은데 스무살이 넘어서는 단 한 번도 본 적이 없다. 물론 가끔 영어와 운전을 못해 불편할 때도 있다. 해외여행을 가서 의사소통이 원활하게 이루어지지 않거나 보고 싶은 미드의 자막이 없을 때는 영어 공부를 하지 않은 게 후회되고, 교통편이 불편한 지역에 가야 할 때면 운전을 하면 좋겠다는 생각을 한다.

하지만 그것들은 조금 불편할 뿐이다. 못하면 못하는 대로 사는 것도 꽤 편하다. 외국 여행을 갔을 때 현지인들에게 내 나름대로의 영어 수준으로 길을 묻는다(미드를 통해 배운 영어가 있다. 후훗). 함께 동행한 사람들은 내가 하는 영어를 보고 대단하다고 말한다. 문법에는 전혀 맞지 않지만 거리낌 없이 당당하게 물어보고 또 재주껏 알아듣는 걸 두고 하는 말이다. 오히려 영어 공부를 조금이라도 했다면 문법에 맞추기 위해 질문하는 게 더 어려웠을 것 같다(난 그렇게 스스로 합리화하며 살고 있다). 또한 운전을 하지 않으니 자동차 보험료를 낼 필요도 없고, 차를 타고 가면서 드라마도 보고 잠도 잘 수 있으니 얼마나 편한지 모른다.

나는 하기 싫은 일만 안 하는 게 아니라, 먹기 싫은 음식도 먹지 않는다. 어렸을 때부터 콩을 싫어해서 엄마가 콩밥을 한 날은 '아아, 오늘은 식사 운이 없다'며 좌절했다. 아빠는 골고루 먹어야 한다며 콩밥을 남기지 말고 먹으라고 내게 강요하곤 했다. 쌀알과 콩이 입 안에서 섞이면 콩의 딱딱한 질감 때문에 밥을 먹는 것 같지가 않다. 그래서 어릴 적 나는 콩을 따로 모아 남긴 후, 한 입에 넣고 다섯 번 정도 씹은 후 꿀꺽 삼켰다. 하지만 어른이 되고 나서는 콩밥을 먹지 않는다. 난 콩밥을 절대 만들지도 않고, 엄마가 먹으라고 주면 콩을 골라낸다. 이제 부모님은 서른 살 넘은 딸에게 콩밥을 먹어야 건강해진다며 억지로 먹으라고 하진 않는다. 물론 잔소리는 하지만, 나는 "콩 싫어"라고 당당히 말한다. 그럴 때마다 왠지 기분이 좋다. 먹기 싫은 음식을 마음대로 먹지 않는 것도 어른의 특권이니까.

나는 약간의 불편을 감수하는 대신(어쩌면 콩을 안 먹어 단백질 부족현상을 겪고 있을지도 모르지만 그것도 받아들일 거다) 하기 싫은 일을 하지 않을 권리를 택했다. 왜 해야 할 일들에 둘러싸여 자신을 옭아맬까? 하기 싫지만 마땅히 해야 하는 일들은 어쩔 수 없이 해야만 한다. 하지만 세상엔 그런 일들만 있는 것은 아니다.

남들이 한다고 나까지 하면서 살 필요가 없는 일들이 꽤 많다. 해야 할 일들에 치여 살면 나에게는 의무만 남는다. **사람은 하기 싫은 일을 하지 않을 권리도 갖고 있다.**

살아가면서 하기 싫어도 어쩔 수 없이 해야 할 일이 열 가지라면, 최소한 한 가지는 하지 않을 일로 정해두는 것도 좋다. 해야 할 일들만 가득한 게 아니라, 하기 싫은 일을 하지 않을 수 있다면 사는 게 조금 덜 팍팍하지 않을까?

나이가 들어가니 하고 싶은 일보다 해야 할 일이 더 늘어난다. 아무래도 새롭게 하기 싫은 일을 하나 더 추가해야겠다. 요즘 남녀노소 할 것 없이 몸만들기 열풍에 빠져 있는데 나까지 동참하고 싶지 않다. 앞으로 나는 절대 55사이즈 옷은 입지 않을 거다. 절대 오해는 하지 마라. 못 입는 게 아니라 안 입는 거다!

숨은 강점 찾기

저는 잘하는 게 아무것도 없어요. 저는 장점이 없는데요, 라고 말하는 아이들을 자주 본다. 그러면 나는 아이들에게 되묻는다.

"그러면 뭘 잘해야 할 것 같은데?"

"공부 잘하는 거요."

대부분의 아이들이 정답처럼 대답한다.

학교에서 잘하고 뛰어난 아이들의 기준은 '성적'이다. 집에서도 별반 다르지 않다. 세상을 살아가는 데 성적과 공부 등수만 필요한 게 아닌데, 그것이 전부인 양 가르치는 건 무척 유감스런 일이다(성적 프레임에 갇혀 자란 아이들은 나중에 또다시 연봉, 재산 프레임에 갇힐 확률이 크다. 아이들 입에서 금수저, 흙수저 논란이 나오는 게 과연 누구의 탓일까 묻고 싶다). 성적은 여러 가지 척도 중의 하나다. 단순히 공부를 잘하지 못한다고 해서 자신이 잘하는 게 없다고 생각하는 건, 세상에 딱 한 가지 색만 있다고 생각하는 것과 다름없다.

단점이 아닌 장점을 찾자

아이들은 자신의 단점에 대해서는 아주 잘 알고 있다. 자기가 부족한 것, 못하는 것에 대해 이야기해보라고 하면 대답을 아주 잘한다.

"저는 인내심이 없어요."
"저는 소심해요."
"저는 사교적이지 못해요."
"저는 성격이 너무 급해요."

아이들은 기다렸다는 듯 자신의 단점에 대해 이야기한다.

이건 어른들의 책임이 크다. 잘하는 건 공부에 대해서만 칭찬하고, 못하는 것은 공부뿐만 아니라 생활 전반에 대해 지적한다

(좀 많이 치사하다). 때문에 성적 프레임에 갇힌 아이들은 자신의 단점은 잘 아는 반면 자신의 장점은 모른다. 성적 외에는 자신의 장점을 들여다보려 하지 않기 때문이다.

사람은 누구나 장점을 가지고 있는데, 이것을 찾아서 개발하지 않으면 자신에게 무엇이 있는지조차 모른 채 살 가능성이 크다. 그러다 보면 슬프게도 그 장점은 사라져버리기도 한다.

학교 선생님이나 부모님이 내 장점을 찾아주길 기대하지 말자. 그들은 그런 것을 가르쳐주지 않는다. 그들도 제 인생 살기에 바쁘다(어쩌면 그들조차 자신의 장점이 뭔지 모르고 있을 확률이 크다).

나에 대해서 가장 잘 아는 건 바로 나 자신이다. 내가 잘하는 게 뭔지, 나의 장점이 무엇인지를 스스로 찾아내야 한다.

가령 유독 친구들과 잘 지내는 아이가 있다. 친구들 사이에 문제가 생겼을 때 나서서 중재를 하고 분위기를 좋게 만든다. 이 아이의 장점은 사교성이다. 사교성이 좋다면 사회에 나가서 할 수 있는 일이 많다.

또 말을 유달리 잘하는 아이도 있고, 다른 사람의 이야기를 잘 들어주는 아이도 있고, 손재주가 좋아 만들기를 잘하는 아이도 있고, 정리를 잘하는 아이도 있다. 여기에 다 열거할 수 없을 정도로 저마다 잘하는 무언가를 갖고 있다. 자신의 단점을 부각시키기보다 장점이 뭔지 찾은 후에 그것을 좀 더 개발하는 게 좋지 않을까?

내가 작가가 될 수 있었던 이유

어렸을 적부터 나는 궁금증이 많은 편이었다. 공부에 관한 궁금증은 거의 없었지만(1+1=2라고 하면 아, 그런가 보다 했지, 왜 그렇게 되는지는 궁금하지 않았다), 사람이나 사건에 대한 호기심은 많았다. 책이나 텔레비전에서 본 인물의 뒷이야기는 어떨지, 이미 소식이 끊긴 친구나 지인들이 어떻게 살고 있을지 무척 궁금해했다. 내가 유난히 다른 사람들의 일을 궁금해 하는 성격이긴 하다. 그래서 자랄 때는 쓸데없는 거에 관심을 둔다고 어른들에게 혼도 많이 났다. 일기장에 친구들 이야기를 많이 썼더니 초등학교 5학년 때 담임 선생님이 '넌 참 남의 일에 관심이 많구나'라는 메모를 일기장에 남겨주신 적도 있다.

또 나의 특징 중 하나는 의자에 오래 앉아 있는 거였다. 하체가 튼튼해서 그런 건지 모르겠지만 유달리 오래 앉아 있어도 지겹지 않았다. 그러다 보니 앉아서 할 수 있는 일은 누구보다 잘한다.

아마 내가 작가가 될 수 있었던 건 '타인에 대한 궁금증'과

'오래 앉아 있기'라는 두 가지 강점 덕분이 아니었을까 싶다. 가상의 인물이 머릿속에 떠오르면 나는 이 인물이 어떻게 될지 너무 궁금해서 글을 쓴다. 오래 앉아 있을 수 있기에 주로 장편을 쓴다. 어렸을 때는 호기심이 많거나 오래 앉아 있는 걸 장점이라고 생각해본 적이 없다. 누군가 장점이 뭐냐고 물었을 때 "남 일에 관심 많은 거요"라거나 "오래 앉아 있는 거요"라고 당당하게 대답할 사람은 없다. 허나 지금은 이 두 가지를 나의 장점으로, 나아가 강점이라고 생각한다. 작가라면 반드시 갖춰야 할 요소니까.

이 밖에도 내가 잘하는 일이 있다. 난 밥을 맛있게 잘 먹는다. 너 참 잘 먹는다, 라는 이야기를 어렸을 적부터 많이 듣고 자랐다. 심지어 기숙사 식당 아주머니도 나의 밥 먹는 모습을 칭찬해준 적이 있을 정도다.

밥을 맛있게 먹는 건 진짜 밥이 맛있어서다. 나는 당연히 세상 모든 사람이 다 나처럼 입맛이 좋은 줄 알았는데 그렇지 않다는 것을, 맛있게 먹는 사람이 그리 많지 않다는 것을 뒤늦게 알게 되었다(입맛이 없다는 게 어떤 건지 잘 모르겠다. 난 장염에 걸려도 입맛은 좋으니까). 음식을 맛있어 하기에 밥을 먹는 시간이 참 즐겁다. 밤이 되면 내일은 뭘 먹을지를 꼭 생각하며 내일을 기다린다.

장점이 꼭 일과 관련되지 않아도 상관없다. 인생을 살아가면서 나를 더 풍요롭게 해주는 것이라면 무엇이든 좋다.

너는 아주 잘하고 있어

"저는 오늘 한 일이 아무것도 없어요. 학교 온 게 다예요."

"오늘도 멍하니 하루를 보냈어요. 제가 너무 한심해요."

"공부하려고 했는데, 못하고 또 놀았어요. 아, 진짜 제가 너무 바보 같아요."

안타깝게도 많은 아이들이 자신이 날마다 해내고 있는 일을 잘 모른다. 장점의 기준을 오로지 공부로 정해 자신의 진짜 장점을 놓치고 있는 것처럼, 공부 조금 안 했다고 하루를 헛되게 보냈다고 생각한다. 하지만 십대라는 시기는 날마다 대단한 일을 하는 중이다.

그게 뭐냐고?

십대들은 하루하루 자라고 있다. 어른들은 하루하루 늙어가지만, 십대들은 다르다(이렇게 말하고 나니 어른으로서 좀 슬프다). 십대는 신체적으로 날마다 조금씩 자란다. 키가 위로 자라고, (원치 않지만) 몸이 옆으로도 자란다. 무엇보다 마음이 하루가 다르게 자란다. 이십대 초반까지는 성격과 태도, 습관이 만들어지는 시기로 마음이 자란다. **어른이 되어 평생 쓸 마음을 십대 시절에 만들어간다.** 이만큼 수고스러운 일이 또 있을까?

자라나는 건 십대만의 특권이다. 늙어가는 게 아니라 날마다 자라난다니 얼마나 대단한가? 그런데 많은 십대들이 그걸 잘 모른다.

'자란다'를 소리 내어 읽어보자. **'잘한다'**와 비슷하지 않은가?

십대라는 시기를 보내고 있다는 것만으로도 대단한 일을 하고 있다는 걸, 충분히 수고하고 있다는 걸 깨닫기 바란다.

완벽이 아닌 완전한 나를 꿈꾸며

사람들은 완벽해지기 위해 노력하고 언제나 완벽함을 추구한다. 그리고 완벽한 사람을 멋지다고 여긴다. 하지만 정말 그럴까? 완벽해지는 것을 바라는 것만큼 어리석은 일은 없다. 그건 너무나 어렵고 피곤하기만 한 일이다.

완벽: 완전무결하다. 흠이 없는 구슬. 결함이 없이 완전함.

완전: 필요한 것이 모두 갖추어져 모자람이나 흠이 없음.

둘은 비슷한 것처럼 보이지만 다르다. 완벽하다는 것은 결함이 없기에 완전할 수 있는 것이고, 완전하다는 것은 이미 갖췄기에 결함이 없는 것이다.

두 가지 뜻이 다 비슷하지 않느냐며 말장난이라고 할 수도 있겠지만 쉽게 설명하면 이렇다.

두 개의 구슬이 있다. 하나는 흠이 하나도 없고 반짝반짝 윤이 난다. 이 구슬은 완벽하다고 할 수 있다. 두 번째 구슬은 비록 흠이 나 있지만 가지고 놀기에 부족함이 없다. 그렇기 때문에 완전하다고 할 수 있다.

첫 번째 구슬이라면 어디 흠이 날까 봐 제대로 가지고 놀 수나 있겠는가? 마찬가지로 완벽한 사람이 되는 일은 너무 피곤하다. 사회에서 요구하는 기준에 따라 모든 것을 다 갖춰야 한다. 하지만 완전한 사람이 되는 건 그리 어렵지 않다. 완전의 기준은 나에게 있다. 스스로 세운 기준에 맞춰 살면서 부족한 게 없다고 느낀다면 그 사람은 완전하다고 할 수 있다. 그러니 난 완벽한 사람보다 완전한 사람이 되고 싶다.

내가 좋아하는 모든 것

나는 호불호가 확실한 사람이다. 어느 날은 남동생과 함께 텔레비전을 보는데, 나도 모르게 화면에 나오는 연예인들 한 명 한 명을 가리키며 "나 쟤 싫어", "쟤는 좋아", "쟤도 별로야", "어, 저 연예인은 완전 좋아!"라고 코멘트를 달았다. 남동생은 그런 내게 말했다.

"누나, 참 피곤하게 산다."

동생의 말은 뭐 그렇게까지 좋아하고 싫어하는 걸 명확하게 선 그으며 사느냐는 것이다. 듣는 자신의 머리가 다 아픈 것 같다며 머리를 흔든다.

좋고 싫은 게 분명하면 피곤한 일이 생길 때가 있긴 하다. 싫어하는 음식은 입에 대지도 않고(다행히 그런 것은 몇 개 안 된다. 붕어찜이나 개고기, 홍어, 추어탕 정도로 다섯 손가락 안에 꼽는다), 싫어하는 사람과 함께 있으면 내내 불편함을 참지 못하는 편이다.

영화 한 편을 보러 갈 때도 주위 사람들이 많이 본다고 무턱대고 보러 가지 않는다. 천만 명이 봤다고 하더라도 내 취향이 아닌 것은 안 보는 편이다. 감독의 전작을 살피고 줄거리, 관람객이 작성한 리뷰를 본 후 볼지 말지를 결정한다. 그러다 보니 참 까다로운 사람 취급을 받는다. 가끔은 두루뭉술하게 살면 좋을 것 같기도 하다. 하지만 어쩌겠는가. 여전히 무언가를 두고 좋다, 싫다, 생각이 금방금방 떠오르는 것을(난 좋은 게 좋은 거다, 라는 말을 싫어한다. 그 말은 상대에게 좋음을 강요하는 상황에서 자주 쓰이니까. 가령 좋은 게 좋은 거니 그냥 넘어가자는 식으로 말이다. 다수가 좋아해도 내가 불편하고 싫으면 하나도 좋은 게 아니지 않은가!).

그래도 좋아하는 무언가가 있다는 것은 참 즐거운 일이다. 좋아하는 작가라든가, 영화감독, 드라마, 음식 등등 난 내가 좋아하는 목록을 써보라면 삼십 가지는 넘게 뚝딱 쓸 수 있다.

초등학생 때부터 좋아하는 목록을 노트에 잘 적었다. 심지어 초등학교 5학년 때는 나만의 연예인 랭킹 노트를 만들어 가수, 영화배우, 개그맨을 분류해 매주 좋아하는 연예인을 각각 1등부터 10등까지 순위별로 적었다. 나름 순위 변동 사항을 분석까지

하곤 했다.

지금도 누가 물어보지도 않는데 심심할 때면 내가 좋아하는 것들을 노트에 적어본다. 그러면 마치 그것들이 나만의 것이 된 양 기분이 좋아진다.

내가 아끼는 것들

난 이해준과 봉준호 영화감독을 좋아한다. 수시로 그들이 작업하고 있는 영화가 무엇인지 찾아보고 크랭크인을 했다고 하면 개봉날을 기다린다. 그리고 되도록 개봉날에 영화관을 찾는다. 작가도 특히 좋아하는 이들이 있다. 모리 에토나 위화, 천명관, 강풀 작가를 너무 좋아해 그들의 신작이 언제 나올까 기다린다.

또 특히 좋아하는 미드가 있어 새 시즌이 시작하는 날을 기다린다. 미국은 시즌제로 드라마를 하기에 1년에 절반 이상은 기다려야 하지만, 기다림의 시간이 지루하지만은 않다. 좋아하는 무언가를 기다리는 것처럼 설레는 일은 없으니까.

나는 사랑하거나 그리워하는 무언가가 있는 사람들이 참 부럽고 좋아 보인다. 한때는 무언가에 중독된 사람들을 '오타쿠'

라 부르며 폄하했지만, 그들만큼 인생이 즐거운 사람도 없는 듯하다. 자신이 좋아하는 연예인의 팬클럽에 가입하고, 용돈을 모아 신지는 않지만 아끼는 운동화 시리즈를 사서 모으고, 겨울이 되면 시즌권을 끊어 시즌 내내 스키장에서 지내고……. 이들은 자신이 좋아하는 것이 무엇인지 명확하게 알고 그것을 즐기는 것이다. 누가 뭐라고 하던 내가 즐겁다면 그것으로 족하다.

좋아하고 싫어하는 건 나만의 기준이고, 나만의 취향이다. 내 취향도 모른 채 남이 좋다고 해서 따라 하는 건 시시하다. 그것은 마치 색이 없는 사람 같다. 취향이 있다 보면 물건을 살 때도 실패할 확률이 줄어든다.

어? 나는 취향이 없는데 어쩌지? 하고 고민할 필요는 없다. 이 취향이라는 것은 처음부터 정해지는 게 아니라, 스스로 찾아가고 만들어가는 것이다. 몇 번의 실패 경험을 거친 후에야 터득하게 된다.

나는 계속해서 내가 좋아하는 게 무엇인지 찾아갈 생각이다. 앞으로 나의 좋아하는 목록이 더 늘어나면 좋겠지만, 싫어하는 목록은 좀 줄어들었으면 하는 바람이다. 싫은 게 많은 건 좀 피곤하긴 하니까.

나는 나의 주치의
: 내 기분을 달래주는 방법 찾기

살다 보면 기분이 우울해지거나 짜증날 때가 종종 있다. 이유가 있을 때도 있고, 때론 이유가 없을 때(혹은 자신이 그 이유를 모를 경우)도 있다. 기분이 늘 좋을 수만은 없다.

물론 우울이 나쁘기만 한 건 아니다. 우울감은 때론 보호의 역할도 한다. 나쁜 일이 생기기 전에 미리 자신에게 '상황이 더 나빠질지도 모르니 놀라지 말라'고 경고를 해주기 때문이다. 하지만 모든 게 적당히 필요하듯 우울도 마찬가지다. 우울감을 갖고 있는 시간이 길어지면 이것을 떨쳐내기가 쉽지 않다. 사람의 뇌는 바보 같아서 처음에는 이유가 있어서 기분이 나쁘지만, 시간이 지나면 자신의 기분이 왜 나쁜지 모른 채 또는 그 일이 해결되었는데도 계속 기분 나쁜 상태가 유지되기도 한다. 그렇기에 자신의 기분 상태를 스스로 제어해야 한다.

우리가 기억하지 못하는 서너 살 때만 하더라도 짜증을 부리면 엄마가 달래주었다. "우리 아가 왜 그래?" 하고.

하지만 지금 짜증을 내면 엄마는 뭐라고 할까?

"너 때문에 나는 더 짜증난다. 너 성적은 왜 그 모양이냐. 공부는 왜 안 하는 거냐. 공부 안 할 거면 방이라도 좀 깨끗이 치워라.

어제 분명 치운다고 했는데 왜 아직까지 안 치우는 거니" 등등 우울한 기분을 하소연했다가 잔소리 폭탄만 맞을지도 모른다. 그렇다고 친구한테 이야기하면 어떨까? 친구에게 "나 기분 별로야"라고 말하면 열에 아홉은 그래서 어쩌라고 하는 표정으로 쳐다볼 것이다.

어른이 되면 속상하거나 우울한 감정을 겉으로 표현하는 일이 점점 줄어든다. 우울한 일이 덜 생겨서가 아니라 토로해봤자 소용없다는 것을 알기 때문이다. '어른의 인생=셀프'이기에 스스로 알아서 해야 할 일들이 참 많다. 기분을 나아지게 하는 것 역시 마찬가지다. 아무리 가까운 가족이나 친구라 해도 나를 달래줄 수 없다. 그렇다면 방법은? 스스로 벗어날 수 있도록 노력해야 한다. 우울할 때 마냥 가만히 있으면 더 우울해진다.

그래서 나는 어떻게 하면 내 기분이 좋아지는지를 찾아가기 시작했다.

누구에게나 그런 것이 있다. 들으면 기분 좋아지는 노래라든가, 먹으면 기분이 나아지는 음식, 만나면 좋은 친구 등등. 나는 그것을 적어보았다.

가령 나는 기분이 나쁘면 태사자의 〈도〉라는 음악을 무한반복해서 듣는다. 태사자라는 그룹은 내가 중학교 시절 활동했던 4인조 꽃미남 그룹이었는데, 난 태사자의 팬은 아니었다. 그런데 〈도〉라는 노래를 들으면 그냥 흥이 나면서 기분이 좋아진다. 그 노래를 들으며 설거지를 하거나, 침대에 누워 있거나, 가끔은 흔들흔들 춤도 춘다.

기분이 울적하면 꼭 먹는 초콜릿 쿠키도 있다. 머리가 아플 때 두통약을 먹고 배탈이 나면 배탈약을 먹는 것처럼, 난 기분이 나쁘면 '아티제'라는 제과점에 가서 네쥬 쿠키를 '약'처럼 산다. 손가락 마디만큼 작은 게 고작 15개 들어 있는데, 값이 8,500원이나 해서 즐겨 먹진 못하고 기분이 나쁠 때만 먹는다. 오히려 자주 먹는 게 아니어서 더 약 같다는 생각이 든다.

속상한 일이 생기면 꼭 SOS를 쳐서 만나는 친구가 있다. 그 친구를 만나 최근에 나에게 생긴 일을 다 털어놓는다. 짧게는 여섯 시간, 길게는 여덟 시간씩 붙들고 수다를 떤다. 이야길 하다 보면 내 이야기만 하는 게 아니라, 최근에 사회에서 이슈가 된 사건도 이야기하고, 주변 사람 이야기도 하고 별별 이야기를 다 한다. 그렇게 한참을 떠들다 보면 언제 기분이 나빴냐는 듯 가벼운 마음으로 집에 돌아가게 된다.

그 외에도 기분이 좋지 않을 때 보는 미드가 있다. 〈빅뱅이론〉이라고 오타쿠 기질이 다분한 천재 공학자 네 명과 금발 미녀 한 명이 나오는 시트콤인데, 미국뿐만 아니라 우리나라에서도 꽤 인기가 있다. 그 시트콤에서 '쉘든'이란 주인공은 생각만 해도 재밌다. 그 어떤 소설이나 영화 속 인물보다 나를 더 많이 즐겁게 해준다.

내 기분을 달래주는 것은 나만의(개개인의) 맞춤형이다. 가령 내 여동생은 기분이 나쁠 때마다 구두를 산다. 하도 구두가 많아 신발장이 모자를 정도다. 오죽하면 가족들이 "니가 이멜다냐?"라고 했을까. 여동생은 구두 사는 낙이라도 있어야 회사를 다닐 수 있다고 했고, 그 이후로 가족들은 아무 말도 하지 않았다. 나는 구두를 좋아하는 편이 아니지만 여동생의 심정을 이해할 수는 있을 것 같다. 내 기분 전환을 위해 음식이나 영화나 내게 특별한 무언가를 찾듯 여동생에게 구두는 보상이며 기쁨일 거라는 생각이 든다.

몸이 아프면 병원에 가서 처방전을 받아 약을 먹는 것처럼, 마음이 아플 때도 처방전이 필요하다. 이때 의사는 바로 나 자신이다. 스스로가 의사가 되어 개인별 처방전을 자신에게 내려야 한다. 어떤 행동을 했을 때 유독 기분을 좋게 만들어주는 게 있는가? 그렇다면 바로 그게 너의 기분을 달래주는 '약'인 셈이다.

물론 이 약의 효력은 영원하지 않다. 언제까지 네쥬 쿠키와 쉘든이 나를 위로해줄 거라고는 생각하지 않는다. 쿠키를 먹거나 미드를 봐도 기분이 나아지지 않는 날이 올 수도 있다. 그땐 새로운 약을 추가할 것이다. 시간이 지나 나라는 사람이 변하는 것처럼, 내 기분을 달래주는 방법도 변할 것이다. 기분을 달래주는 법 리스트는 계속 업데이트되어야 한다.

기분이 나쁘다고 언제까지 징징거리고만 있을 수 없다. 나를 가장 잘 아는 건 바로 나 자신이고, 나를 위로하고 달랠 수 있는 사람도 나 자신밖에 없다.

시간이 될 때 차근차근 나의 기분을 달래주는 목록을 작성해 보면 어떨까?

고민 다스리기

콤플렉스에 지지 말자

사람은 한두 가지의 콤플렉스를 가지고 있다. 성적이라든가, 외모, 가정환경 등등 타인과 비교하여 부족하다고 생각하는 점을 열등감으로 여긴다. 콤플렉스가 없는 사람을 찾아보기 힘들다. 심지어 대중들이 입을 모아 잘생기고 예쁘다고 하는 배우들 역시 자신의 외모에 콤플렉스가 있다고 말한다. 어찌 저 얼굴을 가지고 그런 말을? 하고 듣는 사람은 어이가 없을지 모르지만, 그 배우 입장에서는 충분히 그럴 수 있다.

왜냐하면 콤플렉스는 지극히 '주관적'인 것이기 때문이다.

"선생님은 왜 그렇게 뚱뚱한 여자애들 이야기를 많이 쓰세요?"

내 책을 읽은 학생들이 자주 하는 질문이다. 궁금해할 만도 한 게, 나는 뚱뚱한 여자아이가 나오는 글을 꽤 여러 편 썼다. 『닌자 걸스』의 고은비는 1년에 몸무게가 7킬로그램씩 늘어나는 비운의 아역배우 출신이고, 『다이어트 학교』의 주홍희는 살을 빼고자 아빠의 한 달 월급에 맞먹는 돈을 내고 다이어트 학교에 들어간다.

내가 뚱뚱한 여자아이를 주인공으로 삼는 이유는 아주 단순하다. 내가 가장 잘 아는 이야기라 그렇다. 그런 말이 있다. 작가는 자기가 가장 잘 아는 이야기, 그러니까 사실은 자기 이야기를 제일 많이 쓴다. 『다이어트 학교』의 주홍희는 나를 아주 많이 닮은 아이다.

중·고등학교 때 나는 전교에서 몸무게가 많이 나가기로 다섯 손가락 안에 드는 아이였다. 지금보다 약 20킬로그램 정도 몸무게가 더 많이 나갔다(지금도 나는 그리 날씬한 편이 아니다. 여성복 사이즈 66을 간신히 입거나 못 입는다).

나는 체육시간이 제일 싫었다. 특대 사이즈를 입어도 체육복은 늘 몸에 꽉 끼었다. 다른 친구들은 헐렁한데, 나 혼자 쫄바지를 입은 것 같았다. 친구들의 시선이 온통 나에게만 몰리는 것 같아 체육시간이 빨리 끝나기만을 바랐다. 반 친구들이 남학생들과 미팅을 하러 갈 때도 나는 열외였고, 부러운 마음을 꾹꾹 감추며 잘 다녀오라고 했다. 옷을 사러 갈 때면 맞는 옷이 없어 낑낑거리며 옷을 입어보았고, 그러는 나를 점원 언니들이 비웃는 것만 같았다.

그 당시 내가 바라는 건 '날씬한 몸'이 아니었다. 뚱뚱하지만 않으면 좋을 것 같았다. 표준 몸무게가 되는 게 소원이었다. 굶어도 보고, 한 가지 음식만도 먹어보고, 미친 듯이 줄넘기도 했다. 하지만 워낙 음식을 좋아하는 나는 매번 다이어트에 실패했다. 음식의 유혹을 못 참는 나 자신이 너무 한심했고, 뚱뚱한 몸이 끔찍하게 싫었다.

스무 살이 넘어 여러 가지 사건을 겪으면서 살이 조금씩 빠졌다. 하지만 여전히 살은 나의 콤플렉스다. 콤플렉스 순위 1위에서 3위 정도로 밀려났을 뿐이다(왜 젊은 여자들이 입는 옷 브랜드는 66까지밖에 사이즈가 없는 것인가).

어느 날 텔레비전을 보는데, 케이블 TV에서 '다이어트 오디션 프로그램'이 나왔다. 뚱뚱한 사람들을 모아놓고 몸무게를 가장 많이 감량하는 우승자에게 1억의 상금을 주는 거였다. 그 프로그램이 인기가 많아지자 유사한 프로그램들이 나왔고, 심지어 초등학생들을 대상으로 하는 다이어트 서바이벌 프로그램까지 생겼다.

프로그램에 참가한 사람들은 하나같이 불행하게 그려졌고, 프로그램이 진행되면서 몸무게가 감량될수록 그들은 행복해 보였다. before와 after의 모습이 확연히 달랐다. 출연자들은 살이 빠지면서 자신감이 넘쳤고, 이제야 사람답게 살 수 있다고 말했다. 프로그램을 보며 나는 화가 났다. 당장이라도 프로그램을 만든 PD를 찾아가, 왜 뚱뚱한 사람들의 안 좋은 모습만 보여주는 거냐고 따지고 싶었다. 하지만 출연자들의 모습 속에서 나를 발견했다. 아아, 나도 저랬지. 뚱뚱한 내 몸을 아주 많이 미워했지. 사람들이 나를 쳐다볼 때마다 너무 창피했지. 나는 참 마음이 아팠지.

뚱뚱한 것을 비정상으로 보는 사회도 문제지만, 더 커다란 문제는 사회가 만든 기준 때문에 콤플렉스를 안고 살아가는 사람들이다. 상처받아 아픈 건 바로 나 자신이다.

사람들은 누구나 콤플렉스를 가지고 있다. 그리고 그 콤플렉스는 사회가 만든 기준 또는 타인과의 비교에서 시작된다. 왜 나는 다른 사람보다 공부를 못하지? 왜 나는 다른 사람보다 예쁘지 않지? 왜 나는 다른 사람보다 돈이 없지? 왜 나는 다른 사람보다 집이 화목하지 않지?

모든 콤플렉스의 질문에는 '다른 사람보다'가 들어간다. 그렇기에 이 콤플렉스는 끝이 없을지도 모른다. 55킬로그램인 사람은 50킬로그램을 부러워하고, 돈이 10억 있는 사람은 20억 가진 사람을 부러워한다. 영원한 1등이 아닌 이상 콤플렉스를 버릴 수가 없다.

그렇다면 이 콤플렉스란 녀석을 어떻게 하면 좋단 말인가? 『다이어트 학교』의 주홍희가 내게 그 답을 주었다. 콤플렉스라는 건 다른 사람과의 비교에서 생기지만, 실은 내가 만들어낸다는 것을 깨달았다. 79킬로그램의 주홍희는 다이어트 학교에서 열심히 생활해 꿈꾸던 70킬로그램 초반대에 도달한다. 하지만 스스로에게 질문을 던진다. 60킬로그램이 되면 55킬로그램이 되고 싶지 않을까? 반대로, 살이 다시 찌면 예전처럼 자신을 미워하는 게 아닐까? 그때부터 홍희는 자신이 머무는 다이어트 학교의 시스템과 마주리 원장을 의심하기 시작한다. 그리고 결심한다. 그들(사회)이 만든 기준 때문에 자신을 미워하지 않겠다고. 홍희는 부당한 다이어트 학교를 탈출한 후 자신만의 진짜 다이어트를 시작한다.

홍희의 이야기를 쓰면서 과거의 나를 많이 돌아봤다. 과거의 나에게, 현재의 나에게 미워하기만 해서 미안하다는 말을 해주고 싶었다. 『다이어트 학교』를 쓰고 난 후에 나는 몸무게에 대한 콤플렉스에서 벗어났다. 나의 튼튼한 하체를 창피해하고 미워하기만 하는 게 아니라, 그 덕분에 오래 앉아 글을 쓸 수 있다며 고마워하게 됐다. 진득하게 앉아 글을 쓰는 게 작가에게 꼭 필요한 덕목인데, 내 무거운 엉덩이와 튼실한 하체가 이를 아주 힘껏 도와주고 있으니 말이다.

난 요즘 학창 시절에 대해 다시 생각하고 있다. 어쩌면 체육시간에 아이들은 내 체육복 따위에 아무런 관심도 없었을지도 모르고, 아무도 쳐다보지 않았을 수도 있다. 친구들이 나에게 미팅을 같이 나가자고 하지 않은 것은 내가 관심 없는 척했기 때문일지도 모른다. 또 백화점 점원 언니는 나를 비웃지 않았을지도 모른다.

그러니 지금 너도 콤플렉스에 빠져 있다면, 그것을 다시 잘 들여다보기 바란다. 혹시 스스로가 만든 콤플렉스에 자신을 가두지 않았는지 말이다.

제대로 된 답을 찾고 싶다면?

살아가면서 우리는 자주 고민에 빠져 스스로에게 묻는다.

내가 진짜로 원하는 것은 무얼까?

 시시한 어른이 되지 않는 법

어떤 일을 하면 내가 행복해질까?

이 직업은 과연 내 적성에 맞을까?

인생의 질문에 답하는 일은 결코 쉽지 않다. 아니, 너무 어렵다. 오지 선다형 질문이 아닌 서술형이기에 찍을 수도 없다.

대학 졸업을 앞두고 내가 스스로에게 가장 많이 했던 질문은 **'난 왜 이 모양일까? 이제 앞으로 어떻게 하지?'**였다. 소설을 쓴답시고 토익시험 한 번 치르지 않아 취직을 할 수도 없는 상태였고, 소설 공모전에서는 계속 미끄러졌다. 질문을 아무리 많이 해봐도 답은 도저히 나오지 않았고, 그렇게 속수무책으로 자신을 보고 있어야 하는 나 자신이 더 미워지기만 했다.

그때 친구 상미가 나에게 쓸데없는 질문 좀 그만하라고 했다. 백날 그런 질문을 해봐야 답이 나오지도 않을뿐더러, 그 질문에는 답이 없다고 했다. 그 친구 말이 맞았다. 나는 답이 필요해서 질문하는 게 아니라 스스로에게 하소연을 하는 것뿐이었다.

"내가 너 때문에 못살아. 너 정말 누구 닮아서 그러니?"

이 질문은 어렸을 때 내가 제일 자주 들었던, 그리고 가장 듣기 싫어하는 말이었다(난 참 듣기 싫은 말이 많기도 하다). 언니와 싸우거나 말대꾸를 하는 등 말썽을 부리면 부모님은 화를 내며 그렇게 물었다. 처음에는 뭣도 모르고 "누굴 닮긴? 엄마 아빠 닮았잖아. 그럼 나 주워 왔어?"라고 대꾸했다. 그런데 내 대답을 들은 부모님은 날 더 혼냈다. 그래서 다음에 그 질문을 받았을 때는 "글쎄, 나도 잘 모르겠어. 난 누굴 닮았을까?"라고 대답했다. 하지만 혼나기는 마찬가지였다. 잘못했던 일보다 오히려 그 질문에 대한 답변으로 나는 더 혼났다. 도대체 내가 어떻게 대답해야 하는 건지 가늠을 할 수 없었다.

내가 매번 혼나자, 언니는 차라리 아무 대답도 하지 말고 가만히 있으라고 했다. 밑져야 본전이라는 생각에 언니가 시키는 대로 했고, 난 더 이상 혼나지 않았다. 그때 깨달았다. 세상 모든 질문이 답을 필요로 하지 않는다는 것을. 답이 없는 질문도 있다는 것을. 부모님은 내게 답을 원해 물었던 게 아니다. 그 질문은 날 혼내기 위한 말에 지나지 않았던 것이다.

내 고민 속 질문들도 부모님이 날 혼낼 때 하는 질문과 별반 다르지 않았다. 모두 답은 존재하지 않는 거였다. 난 조금, 아니 많이 후회한다. 대학을 졸업하고 방황하던 시절에 내가 답이 있는 질문을 했으면 얼마나 좋았을까 싶다.

확신하건대 '난 왜 이 모양일까?' 대신 '내가 원하는 것을 얻기 위해서는 어떤 노력이 필요할까?'라는 질문을 했다면, 내가 헤맸던 그 시간이 조금 덜 힘들고 덜 아팠을 것이다. 진짜 중요한 건 '어떤 답'을 하느냐보다는 '어떤 질문'을 하느냐에 달려 있다.

그러니 제대로 된 답을 듣고 싶다면 스스로에게 제대로 된 질문을 해야 한다.

모든 고민은 유효기간이 있다

어른들이 십대들에게 "니들이 제일 좋을 때다"라고 말하는 이유는 어른의 삶이 시시하기 때문만은 아니다. 그렇게 말하는 가장 큰 이유는 사실 '기억력'이 나빠서가 아닐까 싶다. 십대 시절에 분명 힘든 일이 있었을 텐데 그것을 다 잊어버리는 것 같다. 나도 그렇다. 이 글을 쓰기 위해 십대 시절을 돌이켜보면서 '맞아, 그때 그런 일이 있었지. 완전히 잊고 있었네' 하며 혼자 쓸쓸하게 여러 번 웃었다.

한창 고민에 빠져 있을 때는 그 고민이 영원할 것 같다는 게 가장 큰 고민이다. 날 너무 힘들게 하는 것들이 있는데, 이 문제가 사라지지 않을 것 같아 더 힘든 것이다. 하지만 대부분의 고민이 길어야 3년 이상을 가지 않는다. 사람들은 자신의 문제를 객관적으로 바라보지 못하기 때문에 그 늪에서 빠져나오지 못하는 것이다. 조금만 객관적으로 보면 쉽게 풀릴 일이 얼마나 많은지 그 시간을 지나보면 깨닫게 된다.

고민에 빠져 있을 때면 고민을 종이에 적어보자. 고민을 종이에 적어보는 일도 고민을 줄일 수 있는 방법이다. 고민의 부피가 확 줄어든다. 머릿속으로만 계속 생각하면 고민이 엄청난 것 같지만, 종이에 적어가며 정리하다 보면 생각만큼 심각하지 않은 경우가 더 많다. 고민을 정리할 때 유효기간도 따져볼 필요가 있다. 고민은 나름의 유효기간을 가지고 있고, 이를 계산해본다면 고민의 무게가 줄어들 확률이 크다.

가령 같은 반 친구 문제라면 길어야 그 친구와 함께 지낼 시간 동안만이다. 성적 문제는 딱 학창 시절까지다. 고등학교 1학년 1학기 중간고사 점수 때문에 고민이라면, 학교 졸업한 순간 그때 몇 점을 맞았는지 등수가 어땠는지 기억하고 싶어도 웬만해서 기억할 수가 없다. 남들에게 말할 수 없는 가족 문제라면 성인이 되어 가족으로부터 독립하면서 어느 정도 해결이 가능하다.

고민에 빠진 채 가만히 있기보다 고민 기간을 단축시킬 방법을 찾아야 한다. 혼자 앓기보다 주변의 도움을 청하는 것도 좋은 방법이다. 의외로 도움을 줄 수 있는 사람은 많다. 고민을 같이 나눠줄 수 있는, 해결 방안을 알려줄 수 있는 사람에게 도움을 요청하라. 아이들이 생각하는 것 이상으로 어른들이 해결해줄 수 있는 일이 많다. 몰라서 못 도와주는 거지, 알면서 안 도와주는 어른은 없다.

어른에게 의지해야 할 때는 제발 의지해라. 왕따, 임신, 가정 폭력 등으로 극단의 상황까지 간 아이들의 이야기를 들으면 너무 화가 난다. 어른을 한 번만이라도 믿었으면 좋았을 텐데, 무척 안타깝다. 아이를 보호하는 일이 어른의 의무이기도 하다. 어른들이 의무를 다할 수 있도록 협조해주었으면 싶다.

부모님, 선생님, 친구에게 털어놓기 힘들다면 익명성이 보장된 온라인도 좋다. 이 세상에 나를 도울 수 있는 사람 한 명쯤은 반드시 있다. 그러니 혼자 앓지 말고 도움을 요청하자.

드러난 상처보다 더 무서운 건 안쪽에 난 상처다. 이건 겉으로 보이지 않기에 스스로도 얼마만큼 아픈지 모른다. 어쩌면 생각보다 덜 상처 입었을 수도 있지만, 심각하게 상처가 깊을 수도 있다. 혼자 끙끙대지 말고, 자신의 상처와 직면하고 적극적으로 치유하는 방법을 찾아야 한다.

이 또한 지나가리라

힘든 상황에 처하면 '이 또한 지나가리라'는 말을 주문처럼 왼다. 이 말의 유래는 이렇다.

전쟁에서 승리하고 돌아온 다윗 왕은 기쁨에 도취되는 동시에 불안감에 빠진다. 이렇게 자만하다가 다음 전쟁에서 승리하지 못하면 어찌될지 고민한다. 다윗 왕은 세공사를 불러 반지를 주며 말한다.

"이 반지에 나를 다스릴 문구를 새겨라."

세공사는 고민 끝에 다윗 왕의 아들인 솔로몬을 찾아가고, 솔로몬이 바로 이 문구를 알려주었다.

이 또한 지나가리라.

아무리 좋은 일도, 또 아무리 힘든 일도 다 지나가게 마련이다. 심각한 고민에 빠지면 그것을 잊게 된다. 지금 만약 힘들다면 반드시 그 힘든 시기가 지나간다는 걸 기억하기 바란다. 그리고 스스로 고민의 유효기간을 따져보자. 유효기간은 우유, 라면에만 있는 게 아니다.

그러니 너무 현재의 문제에 매몰되어 스스로를 옭아매지 않기를 바란다.

4부 어른의 삶이 다가오고 있다

이왕 어른으로 살 거 재밌고 신나게 사는 게 좋지 않을까? 자칫하면 시시한 어른으로 살게 될지도 모른다. 하지만 조금만 신경 쓴다면 충분히 시시하지 않게, 오히려 더 즐겁게 살 수 있다. 그 연습은 십대 때부터 해야 한다. 어른이 되었을 때 지금의 습관과 태도가 유지되니까. 어른의 삶을 만들어가는 건 지금부터다.

과거라는 저금, 미래에서 온 위로

내가 일기를 쓰는 이유

나는 종종 일기를 쓴다. 일기라고 하면 매일 써야 할 것 같지만 꼭 그렇지만은 않다. 내가 일기 쓰는 주기는 대중없다. 연달아 매일 쓸 때도 있지만, 어떨 때는 두 달 만에 쓰기도 한다.

초등학생 때는 일기 쓰는 걸 매우 싫어했다. 특히 그때 방학숙제였던 그림일기를 생각하면 지금도 끔찍하다. 하루 있었던 일을 무슨 그림으로까지 표현하라는 건지. 그림 그리는 걸 무척 싫어하는 나는 그림일기를 쓰라고 하면 가슴이 턱 막혔다. 일기장의 반 이상이 그림 부분이고, 글을 쓰는 칸은 반이 채 되지 않는다. 초등학교 2학년 때까지 방학숙제는 그림일기였는데, 나는 그림 그리기가 싫어 그림 부분은 비어둔 채 글씨 부분만 채워갔다.

그림일기를 쓰는 시기가 지나서는 글로만 쓰는 일기가 숙제였다. 그렇다고 일기를 날마다 쓰는 일은 사실 힘들다. 매일같이 일기를 쓸 만한 거리가 생기지는 않으니까. 학교 갔다 집에 와서 간식 먹고, 텔레비전 보고, 어린아이의 일상이 뭐 그렇지 않은가. 억지로 일기 거리를 만들어내는 것도 일이다. 그래도 초등학생 때 일기 쓰기가 나쁘게만 기억되지 않는 건, 그 덕분에 생각을 정리하고 글쓰기 연습을 할 수 있었기 때문이다. 초등학생들은 싫어하겠지만 난 일기 숙제는 찬성이다.

초등학교 5학년쯤 되자 선생님이 일기 검사를 하는 게 싫어졌다. 일기는 나만의 비밀 공간인데 왜 검사를 받아야 하는지 이해가 되지 않았다. 그렇다고 거부할 용기는 없었다. 사춘기가 되니 날마다 특별한 일이 생기진 않아도 하루하루의 감정 상태가 달라졌다. 그래서 나는 일기장을 두 개 만들었다. 제출용과 진짜 내 마음을 적는 용도로.

고민이 있거나 화가 날 때, 기분이 좋지 않을 때, 주로 안 좋은 일이 생길 때 일기장에 두서없이 내 마음을 적어나갔다. 지금 나의 기분 상태를 쓰고, 생각이 더 나면 어떻게 해결할 수 있는지에 대한 방안도 몇 개 적어보았다. 딱 거기까지였다. 그런데 단순히 종이에 적었을 뿐인데 일기를 쓰고 나면 마음이 가벼워졌다. 일기는 '임금님 귀는 당나귀 귀' 설화에 나오는 대나무 숲의 역할을 했다. 숙제가 아닌 자발적으로 쓰는 일기는 싫지 않았다. 오히려 좋았다. 마치 누군가가 내 말을 들어주는 것 같았다.

나는 한번 쓰고 난 일기는 다시 읽지 않는데, 어느 날 답답한 마음에 일기를 쓰려다가 갑자기 예전에 썼던 일기 내용이 궁금해졌다.

찬찬히 옛날 일기를 죽 읽어보았다. 일기 쓸 당시에는 매우 심각했던 일이었는데 현재는 기억조차 나지 않는 것들이 꽤 많았다. 고등학생 때 시험을 망쳐 우울했던 일도 적혀 있었고, 친구와 서로 틀어져 고민했던 이야기도 있고, 계속되는 공모전 낙방에 좌절했던 일, 고심해서 쓴 소설을 편집자에게 반려 당했던 일 등등 무수한 일들이 내게 있었다. 일기를 읽기 전에는 잊고 살던 것들이다.

지금 생각해보면 별거 아닌데 그땐 왜 그리 심각했지? 뭘 그렇게 바보같이 고민했나 싶었다. 그리고 일기를 읽으며 든 생각은 '지금 나의 고민 역시 1년만 지나도 별 문제가 되지 않겠구나'였다. 예전의 고민이 현재의 고민을 조금은 가볍게 만들어주었다. 현재의 고민 역시 과거의 고민들처럼 어떻게든 지나가버릴 테니까. 기억조차 잘 나지 않을 정도로 말이다.

일기에는 두 가지 기능이 있다. 첫 번째는 현재 내 고민을 털어놓는 용도이고, 두 번째는 미래에 생길 고민을 위한 것이다.

힘든 일이 있을 때면 일부러 더 일기를 쓴다. '저금'을 한다는 마음으로. 나중에 힘든 일이 있을 때, 예전에 힘들었던 일기를 꺼내 읽으면(저금을 찾듯) 그 일은 또다시 나를 위로해줄 테니까.

그것 봐, 그때 일은 결국 다 해결됐잖아. 지금 일도 마찬가지일걸?

미래에서 온 편지

많은 사람이 자신의 미래를 궁금해한다. 그래서 신년이면 점을 보러 가고, 오죽하면 타임머신이라는 기계까지 상상해냈을까? 나도 내 미래가 자주 궁금하긴 하다. 지금 내가 하는 일이 잘될까? 나는 나중에 어떻게 살고 있을까? 등등 하루에도 여러 번 나 자신에게 묻는다.

막막했던 십대 시절, 나만의 타임머신을 만들었다. 그건 바로 **미래의 내가 현재의 나에게 보내는 편지**다. 실제로 미래에서 편지가 온 건 아니다. 하지만 나는 지금의 삶이 어렵거나 답답할 때

 시시한 어른이 되지 않는 법

20년 뒤의 나를 자주 상상했다. 내일이라는 건 아직 오지 않았기에 무척 설레기도 하지만 한편으로는 두렵기도 하다. 내일의 내가, 미래의 내 모습이 형편없을 수도 있으니까.

하지만 상상의 특권이 바로 자유이지 않은가. 온전히 내 마음대로 할 수 있고 누릴 수 있는 것이 상상이다. 난 미래의 나를 최대한 내가 꿈꾸는 모습으로 그린다. 열일곱 살에는 서른일곱 살을 상상했고, 스물두 살에는 마흔두 살을 상상했다.

미래에 나는 현재의 나에게 편지를 보낸다. 편지 내용은 그리 길지 않은데, 가령 이런 식이다.

17세의 김혜정에게

안녕, 나는 2019년을 살고 있는 37세의 김혜정이야. 지금 너는 여러 가지로 스트레스를 받고 있구나. 기말고사를 앞두고 공부는 하기 싫은데 성적은 잘 나오길 바라고. 최근에 낸 소설 공모전에서는 또 떨어지고. 휴우. 지금 네 기분이 어떨지 잘 알고 있어. 막 화가 나고 미칠 것 같지? 어떻게 그리 잘 아느냐고? 이미 내가 다 경험한 거니까.

혜정아. 그런데 다 그때뿐이야. 지금 나는 시험 때문에 골머리 썩는 일도 없고, 이미 작가도 되어 있거든. 그러니까 너무 짜증내지 마. 지금의 난 다 잘 되어 있거든.

주로 현재 상황에 대해 위로를 하고, 미래에는 다 잘 되어 있으니 걱정하지 말라는 내용의 편지다. 이 편지를 씀으로써 나는 많은 위로를 받았다. 열일곱 살의 김혜정이 쓴 가짜 편지라는 것을 알면서도 어쩌면 진짜일지도 모른다고 생각했다. 이 편지만큼은 의심하지 않고 무조건 믿어버렸다.

주변에서 부모님이나 선생님이 "네가 열심히 하면 다 잘될 거야"라고 이야기하면 잔소리로밖에 들리지 않았다. 이건 결국 조건부가 아닌가? 이 말인즉슨 내가 열심히 하지 않으면 잘될 리가 없다는 것이다. 그 말은 누구나 할 수 있는 천편일률적인 개성 없는 조언이다.

내게 필요한 건 나에게만 들려주는 맞춤형 조언과 마음을 달래주는 위로였다. 미래의 내가 되어 쓰는 편지는 두 가지를 모두 충족시켜주었다. 실제로 이 편지를 쓰는 행위는 내가 『판타스틱 걸』(17세의 오예슬이 비행기 사고로 10년 뒤 미래로 가서 27세의 오예슬을 만나는 이야기다)이라는 글을 쓰게 해주기도 했다.

현재를 힘겹게 여기는 건 너무 현재에 매몰되어 있어서다. 지금이 힘들면 내일이고 나중이고 생각할 여유가 없다. 현재의 어려운 상황이 계속될까 봐 사람들은 걱정하고 절망한다. 하지만 오늘이, 현재가 계속되지는 않는다. 3년 전, 5년 전 고민했던 일이 아직까지 현재진행형인 사람은 많지 않다. 예전에 고민했던 일을 잊어버리고 사는 사람이 훨씬 더 많다. 보통 우리는 1, 2년 뒤의 일은 예측할 수 있다. 하지만 10년, 20년 뒤는 아니다. 그때는 내가 어떻게 살고 있을지 나 자신도 모른다. 10년, 20년 후가 있다는 것은 현재 답답한 숨통을 트이게 해주는 조커가 될 것이다. 그러니 너무 현재에만 시계를 맞춰 살지 마라.

얼마 안 있으면 난 열다섯 살의 김혜정이 상상했던 나이가 된다. 아마 열다섯 살의 내가 상상했던 것처럼 서른다섯 살의 내가 살고 있지 않을 수도 있다. 하지만 어쩌랴? 그런다고 열다섯 살의 김혜정이 쫓아와서 따지지는 않을 테니까.

나는 요즘도 가끔 미래의 내가 되어 편지를 쓴다. 나이가 들어가면 막막한 일들이 줄어들 거라 생각했지만, 또 다른 방향에서 새로운 일들이 툭툭 튀어나와 날 힘들게 할 때가 있다. 과거에는 전혀 상상도 못했던 일이 생긴다. 그건 당황스럽지만 한편으로 재밌기도 하다.

이제는 20년 뒤가 너무 멀어 보여서 10년 뒤쯤으로 시간을 조정한다. 미래의 나는 여전히 잘 살고 있다. 그렇기에 현재의 나에게 말한다.

나는 잘 살고 있으니까 걱정하지 말라고. 지금 힘든 건 과정이고, 이미 다 지나갔다고.

실패와 친해져야 하는 이유

실패의 진짜 이름

작가가 되기까지 이리 오래 걸릴 줄 몰랐다. 언젠간 되겠지, 라는 마음으로 시작했는데 어느새 10년이 지나 있었다. 처음부터 10년 동안 100번 정도를 떨어진다는 걸 알았으면 시작하지 않았을지도 모른다. 아니, 오히려 더 했을라나? 언젠간 된다는 보장이 있으니까.

어쨌든 떨어지는 동안에는 죽을 맛이었지만, 이제는 100번의 실패가 나의 스펙이다. 남들은 자격증이나 수상 경력을 스펙으로 내세우겠지만, 나의 가장 큰 스펙은 바로 100번의 공모전

낙선이다(내가 이 책을 쓸 수 있는 것도 모두 100번의 떨어짐 덕분이다. 실패를 많이 안 해본 작가라면 이런 책 못 쓸 테니까. 그러니 진짜 스펙 맞지?).

어릴 때는 대회에 나가거나 대표가 되는 일이 무척 부담스러웠다. 좋은 결과를 내지 못할까 봐 겁이 났다. 지금의 나를 아는 사람들은 아무도 믿지 않겠지만, 열두 살 이전까지 나는 매우 소극적이고 소심하고 예민한 성격의 소녀였다. 부끄러움이 많아 나서는 걸 좋아하지 않았다. 그래서 초등학생 때 반 대표나 심지어 분단 대표로 나서는 것도 못하겠다고 했다. 백일장에 나가는 일도 싫었다. 상을 타지 못할 때가 많았기에 또 한 번 실망하고 싶지 않았다. 좋지 않은 결과를 두려워하며 아예 시도조차 하지 않은 적도 많다.

사람들은 도전을 두려워한다. 실패를 겁내서다. '실패'라는 단어의 사전적 정의를 찾아보면 '일을 잘못하여 뜻한 대로 되지 아니하거나 그르침'이라고 나온다. 별로 정이 가는 단어는 아니다. 하지만 나는 **실패하지 않은 것보다 더 나쁜 일이 실패도 성공도 하지 못한, 아무것도 시도해보지 않은 경우**라고 생각한다.

실패하는 게 두려워 도전하지 않는 것처럼 어리석은 일이 또 있을까? 잘되지 않을 거라 생각하여 "에이, 해봤자 안될 텐데 뭐. 안 할래"라며 시도조차 하지 않고 포기하는 사람들이 꽤 많다. 하지만 한 번 실패했다는 건 한 번 도전했다는 뜻이고, 열 번 실패했다는 건 열 번 도전했다는 뜻이다.

실패의 진짜 이름은 '도전'이다.

지금의 나는 실패에 익숙하다. 다른 말로 하자면 난 도전하는 일에 별로 겁을 내지 않는다.

작가로 등단했다고 해서 내가 쓴 글이 모두 책으로 나오는 건 아니다. 작가가 된 후에도 공모전에 글을 내는 것처럼 비슷한 일을 해야 한다. 새로 쓴 글을 출판사 편집자들에게 보여줘서 평가를 받아야 하고, 작가 지원금을 받기 위해 지원서를 쓰기도 한다. 그 과정은 수월치 않을 때가 많고, 잘 되지 않으면 작가들은 상처를 받는다. 나도 물론 상처를 받긴 하지만 크게 개의치 않는다. 속상하긴 해도 '흠, 이번에도 안됐네' 하고 넘긴다. 어쨌거나 내가 **거절을 당한 건 시도를 했기에 가능한 일**이다.

3년 이상을 마음에 품고 몇 번을 고쳤지만 잘 풀리지 않던 이야기가 있었다. 그 원고를 세상에 보여주지 못함이 너무 속상했는데, 어느 날 아는 언니가 내게 이렇게 말했다.

"혜정아, 그래도 그거 다 네 거야."

부연 설명은 없었지만 난 언니가 무슨 말을 하는지 알았다. 비록 그 원고는 세상에 나오지 못했지만, 그 원고를 여러 번 쓰고 고치면서 분명 내가 배운 게 있었을 거라는 말이다. 시점을 바꾸고, 상황 설정을 바꾸고, 이리저리 원고를 통째로 몇 번 고쳤다. 그렇게 오래 쓴 원고는 처음이었다.

그 글을 쓰는 동안 분명 내가 배운 게 있었고 그 경험은 나만의 것이 되었다. 경험은 분명 내가 나중에 다른 원고를 쓸 때 도움을 줄 것이다. 여전히 내가 아낀 원고가 세상에 나오지 못한 것은 안타깝고 슬픈 일이지만, 그러한 과정 하나하나가 작가 생활을 하면서 나를 자라게 해주는 자양분이다.

작가들은 다들 '원고들의 무덤'을 가지고 있다. 이건 수지 모건스턴이라는 프랑스 작가가 한 말인데, 작가가 열심히 썼지만 출간되지 못한 미발표작들을 의미하는 말이다. 수지 모건스턴은 가끔 원고들의 무덤을 찾아가 엉엉 운다고 한다. 그 말을 듣고 무척 안심이 됐다. 유명 작가가 쓴 글이라고 다 책으로 출간되는 게 아니란 걸 알았다. 어쩌면 유명한 작가일수록 이 원고들의 무덤을 더 많이 갖고 있지 않을까? 그만큼 많이 써봤기에 잘 쓰는 것일 테니까.

내가 별로 좋아하지 않는 인물 유형 중에 하나가 실패를 해보지 않은 사람이다. 작가 중에도 그런 사람이 있다. "심심해서 소설 썼는데 그게 당선됐어요"라고 말하는 사람. 그런 작가를 보면 머리를 한 대 콩 하고 쥐어박고 싶을 만큼 정말 얄밉다. 대부분의 작가들이 최소한 2~3년씩 습작의 시간을 거친 후 작가가 되는데, 운이 좋아 덜컥 됐다는 작가를 보면 부럽기보다 그냥 정이 안 간다. 그런데 그런 작가 중에 열의 아홉은 후속 작품을 내지 못한다. 다른 작가와 다르게 연습량이 턱없이 부족하기에 등단은 했지만 다음 작품은 잘 쓰지 못하는 것이다.

난 일이 잘 풀리지 않아도 나 자신에게 '괜찮아'라는 말을 자주 한다. 이것은 내게 타고난 긍정성이 있어서가 아니라 무수한 실패가 가져다준 보너스 같은 마음의 여유다.

내가 좋아하는 이야기 중에 '우유통을 든 여인'이라는 우화가 있다. 한 여인이 시장에 우유를 팔러 간다. 여인은 머리에 들고 있는 우유통을 두고 상상한다. 오늘 이걸 팔아 달걀을 사야겠어. 달걀이 부화하면 닭이 되겠지? 그러면 그 닭을 잘 길러서 팔 거야. 그다음에는 염소를 사야지. 염소가 낳은 새끼를 잘 길러서 팔자. 그리고 돼지를 사야겠어. 그 돼지가 새끼 낳은 걸 잘 길러서…… 여인이 한참 상상의 나래에 빠져 걷다가 그만 돌부리에 발이 걸려 넘어지고 우유는 홀랑 땅바닥에 쏟아진다.

어렸을 때 이 이야기의 교훈을 '미리 헛된 꿈을 꾸지 말라'고 배웠던 것 같다. 그런데 나는 한 번도 이 여인이 불쌍하거나 한심하다는 생각을 한 적이 없다. 여인은 집으로 돌아가 젖을 짜고 다시 시장에 우유를 팔러 가면 되니까.

나는 새로운 일에 도전할 때면 그 여인이 된 심정으로 임한다. 어쩌면 돌부리에 발이 걸려 넘어질지도 모르지만, 나에겐 새로운 우유가 있으니까 충분히 괜찮다.

실패를 두려워하지 말자. 실패했다는 건 도전했다는 거니까. 결과도 중요하지만 결과를 떠나 그 과정까지 가면서 얻은 게 분명 있다.

그러니까 겁내지 말고 다시 한 번 도전해보자!

실패담 찾기 대작전

저마다 초등학생 때 위인전을 읽었던 기억이 있을 것이다. 세상엔 참 훌륭한 사람이 많다. 에디슨, 퀴리 부인, 아인슈타인, 이순신, 세종대왕…… 요즘 위인전 인물들은 내가 어렸을 때와는 많이 달라진 것 같다. 스티브 잡스, 김연아, 안철수 등 동시대 인물들의 이야기까지 있는 걸 보면 말이다. 어쨌든 부모들이 아이들에게 위인전을 사주는 건 '너도 저렇게 되라'는 마음의 표현이 아닐까.

어릴 때는 위인전에 나오는 인물들을 보고 '우와, 대단하다!'
며 감탄했다. 위인들은 달라도 뭔가 달랐다. 새가 나는 것을 보
고 날고 싶다는 생각을 했다는 라이트 형제나, 닭이 달걀을 품는
걸 본 후 제 품속에 달걀을 품었다는 에디슨은 비범한 사람이었
다. 나는 고작 새를 보고 '새로구나'라거나, 달걀을 보고는 '달
걀 프라이를 먹고 싶다'고 생각하는 어린이에 불과했다. 위인들
의 삶은 나와는 하등 관계없는 '그들만의 세상'이었다.

　내 마음이 꼬여서 그런지 나이가 들수록 위인들의 이야기를
들어도 감탄이 나오지 않았다. 어차피 나와는 다른 세계의 사람
이야기일 뿐이고, 훌륭한 인물과 나 자신을 비교하면 나만 더 초
라하게 느껴졌다. 언젠가부터 성공한 사람의 이야기는 궁금하
지 않았고 듣고 싶지도 않았다. 만날 잘난 사람들의 이야기를 듣
다 보면 기만 죽는다.

　대학을 졸업하고 공모전에서 계속 떨어지던 시절 학교 도서
관에 자주 갔다. 돈 없고 시간 많은 내가 갈 만한 곳은 거기밖에
없었다. 그곳에서 우연히 잡지를 뒤적이다가 작가 이문열 선생
님의 인터뷰를 봤다. 이문열 선생님 역시 위인전에 등장하는 훌
륭한 작가 선생님이다. 또 잘난 사람의 이야기군, 하고 넘길까
하다가 시간이 많아 인터뷰를 죽 읽었다. 인터뷰에는 이문열 선

생님의 현재 이야기가 아닌 오래된 과거 이야기가 들어 있었다.

그전까지는 이문열 선생님의 젊은 시절에 대해서는 잘 알지 못했다. 그런데 그 글을 읽어보니, 선생님도 대학 졸업 후 신춘문예에 수차례 떨어지셨다. 2년 동안 수많은 작품을 써서 여기저기 닥치는 대로(내 표현이 아니라 인터뷰에 정말 그렇게 나왔다) 투고했지만 어느 곳에도 뽑히지 않았다고 했다. 인터뷰를 읽고 멍해졌다. 내게 이문열 선생님은 대작가님이시기에 당연히 처음부터 대단한 평가를 받고 유명해졌을 거라고 생각했다. 하지만 여느 작가들이 그렇듯 선생님 역시 습작 기간을 거친 후 작가가 되셨다.

이문열 선생님도 신춘문예에서 떨어진 경험을 갖고 있다는 걸 알게 되니 한줄기 빛이 보이는 듯했다. 이문열 선생님도 그런 시절이 있었다는 것이 큰 위로가 되었고, 심지어 나와 선생님을 동일시까지 했다. 선생님의 인터뷰를 읽지 않았다면 왜 나만 이 모양일까, 왜 나는 당선되지 않는 걸까 자책하며 시간을 보냈을 것이다.

사람들은 성공한 사람들을 보면서 그들의 '현재'만을 주목한다. 그들이 어떤 과정을 거쳐서 현재에 올랐을까 생각하지 않는다. 나도 그랬다. 하지만 이문열 선생님의 인터뷰를 본 이후로 나는 사람들의 현재 성공담이 아닌 과거 실패담을 찾아 읽기 시작했다. 내가 좋아하는 작가들의 습작기 시절 이야기는 많은 위안이 됐다. 잘 다니던 직장을 과감하게 때려치운 후 2년 동안 도서관을 다니며 글을 썼다는 작가도 있었고(아내의 눈치를 얼마나 봤을까), 원고지 1만 매를 쓰고 나서도 작가가 되지 않으면 작가 되기를 포기하기로 결심한 이도 있었고(장편소설 한 권 분량이 700매 내외고, 단편소설이 70매 내외다. 그 작가의 이야길 보고, 나도 1만 매는 써봐야겠다고 생각했다), 작가가 되기 전 수입이 없어 자서전을 대필하고 야설을 쓰면서 생활을 영위한 작가들도 꽤 있었다. 그들과 비교하니 내가 크게 안타까운 인생은 아니었다. 어쩌면 너무나 당연한 과정을 밟고 있는 것뿐인데, 이게 공유가 안 되다 보니 저 혼자 루저인 양 굴었던 셈이다.

여전히 하루아침에 스타가 됐다는 사람에게는 매력을 느끼지 못하겠다. 데뷔하자마자 빵 떴다는 연예인들을 보면 그냥 좀 얄밉고 정이 안 간다. 동변상련이라고 했던가, 오랜 무명을 거쳐 조금씩 인기를 얻고 있는 배우나 개그맨에게 더 마음이 간다.

일이 잘 안 풀리고 슬럼프에 빠졌을 때, 가장 해서는 안 되는 일 중의 하나가 잘난 사람의 현재 모습만을 보며 부러워하는 일이 아닐까 싶다. 성공한 사람들에 비하면 나는 한없이 작고 초라

해지니까. 일이 잘 안될 때 누군가의 실패담을 찾아보자. 그거야 말로 가장 큰 위로가 될 것이다.

내가 100여 번을 떨어지고 10년 만에 작가가 됐다는 이야기가 누군가에게 조금이라도 도움이 되었으면 좋겠다.

"김혜정이란 사람은 백 번을 떨어졌대. 난 겨우 열 번 떨어졌잖아. 조금 더 해보지 뭐"라며 말이다.

내 마음에게 말 걸기

부러움을 숨기지 말자

부러우면 지는 거다, 라는 말을 자주 한다. 2010년인가 모 스포츠 광고에 나온 말인데, 그 당시 꽤 유행했고 아직까지 많은 사람이 이 말을 한다. 유명인이나 심지어 주변 사람들이 잘되었을 때 "아, 부러우면 지는 건데"라며 탄식한다. 부러움은 다른 사람처럼 되고 싶거나 다른 사람이 가진 물건을 갖고 싶어 하는 마음이다. 사람이라면 당연히 가질 수 있는 감정임에도 불구하고 억지로 숨기거나 심지어 그런 감정을 없애야 한다고 여긴다.

사람들은 부러워하는 걸 창피하게 생각한다. 나도 한때 이 문제를 두고 심각하게 고민한 적이 있다. 친구나 지인에게 좋은 일이 생겼을 때 난 꽤, 아주 많이 부러워한다. 그런데 부러우면 지는 거라니, 지고 싶지 않았다. 그래서 부럽긴 뭐가 부러워하며 억지로 외면하려고 했지만 그게 쉽지 않았다. 부러운 마음을 없애려 하니 이상하게 더 부러웠다. '난 왜 이렇게 질투쟁이인가. 질투가 죄라면 나는 종신형이다'라고 생각하며 내 머리를 쥐어뜯기까지 했다. 내가 못나고 나쁜 사람이라는 생각이 들었고, 어떻게 하면 이 감정을 없앨 수 있을까 궁리했다. 그리고 나는 방법을 찾았다. 그냥 부러운 감정을 없애지 않기로 했다. 그러니 마음이 한결 편해졌다.

부러운 건 그냥 부러운 거다. 부러움도 기쁨, 슬픔, 짜증, 분노, 안타까움처럼 여러 가지 감정 중의 하나일 뿐이다. 누가 맛있는 것을 먹고 있으면 '아, 맛있겠다. 나도 먹고 싶다'라고 생각하거나, 내가 갖고 싶은 물건을 타인이 가졌을 때 '나도 갖고 싶다'라는 마음을 갖는 건 매우 자연스러운 일이다. 부러워하는 마음이 있기에 나도 저 음식을 먹기 위해, 그 물건을 갖기 위해 노력한다.

자연스런 감정을 억지로 거세하다 보면 부작용이 일어난다. 동료 작가 중에 절대 다른 사람을 부러워하지 않는 사람이 있다. 누가 잘되었다고 하면 "그럼 뭐해. 그 사람에겐 뭐가 없잖아"라는 식으로 상대의 결핍을 꼭 꼬집으며 부러울 게 하나도 없다고

말한다. 늘 그런 식이다 보니 저 사람은 왜 저렇게 자신의 감정
에 솔직하지 못할까 하는 생각이 들며, 도리어 그가 불쌍하게 여
겨졌다. 단순하게 '아, 부럽다'라고 느끼는 걸 솔직하게 털어놓
으면 편할 걸, 굳이 그 감정을 감추기 위해 타인을 깎아내리는
건 너무나 건강하지 못한 태도다.

왜 시키지도 않은 경쟁을 하고 있을까?

부러우면 지는 거라는 마음은 타인과 나를 경쟁 상대로 보기
때문이 아닐까? 그러나 이 세상에는 누가 시키지도 않았는데 경
쟁을 자처하고, 경쟁하고 있다는 착각 속에 빠진 사람들이 너무
많다. 학교에서 등수 매기는 걸 학습해서인지(그 당시에는 그렇게
싫어했으면서!) 사회에 나와서까지 스스로 등수를 매기면서 산다.
　실제로 경쟁 속에 사는 사람들이 꽤 많다. 매사를 다른 사람
과 경쟁한다고 생각하다 보니 지나치게 자신을 자랑한다. 각종
SNS에 자신의 물건이나 일을 자랑하기에 바쁘다(정말 지겹다, 인
증샷!). 어떨 때는 마치 타인에게 보이기 위해(인증샷을 찍기 위해)
삶을 사는 게 아닌가 의심될 정도다. 자신의 (꾸며진) 좋은 것만
보여주기 급급한 사람들이 많고, 그들은 타인의 시선에서 자기

삶이 어떨지 재단한다. 그렇다 보니 타인과 자신을 끊임없이 비교하게 되고, 지인들의 SNS를 보면서 스트레스를 받는다.

내가 쟤보다 더 연봉이 높으니까 내가 더 우위에 있는 거야. 어? 난 쟤보다 작은 아파트에 사니까 졌네, 하는 식으로 경쟁의 뫼비우스에 자신을 올려놓고 스스로 스트레스를 받으면서도 그 경주에서 벗어나지 못하는 어리석은 사람들이 너무 많다. 심지어 상대는 가만히 있는데 나 혼자 경주할 때도 있다. 나를 피곤하게 만드는 건 세상이 아니라 바로 나 자신이다.

사람들은 모두 저마다의 인생을 살아간다. 좋고 나쁘고, 훌륭하고 훌륭하지 못한 객관적인 기준은 없다. 왜 내가 세운 기준이 아닌, 사회가 일방적으로 만들어낸 몇 가지 기준에 등수를 매기고 안달복달하며 살아가는 걸까?

아무도 나에게 결투 신청을 하지 않았다. 어쩌면 혼자 칼을 들고 유령과 싸우고 있는지도 모른다. 이제 그만 칼을 내려놓자. 차라리 그 칼을 내가 원하는 걸 찾으려 풀숲을 헤쳐 나갈 때 사용하는 게 더 현명하다.

'난 안돼'라는 무서운 주문

"전 못해요", "전 해도 안돼요"라고 말하는 아이들을 자주 본다. 대부분 아예 시도조차 해보지 않았거나 몇 번의 시도를 했는데 잘 되지 않은 일을 두고 그렇게 말한다. 물론 항상 자신이 원하는 결과물을 얻을 수만은 없다. 하지만 잘 안될 것을 지레짐작하여 자신은 잘 못한다고 선언부터 하는 이들을 보면 너무 안타깝다.

그런 아이들을 보면 '병 속에 갇힌 벼룩'의 이야기가 떠오른다. 50센티미터를 뛰어오르는 벼룩을 25센티미터 길이의 병 안에 가둔다. 갇힌 벼룩은 25센티미터 이상은 뛰어오르지 못하게 되는데, 병에서 꺼낸 후에도 이 벼룩은 25센티미터만 뛴다. 충분히 50센티미터를 뛸 수 있음에도 말이다. 이것을 학습된 무기력감이라고 이야기한다.

"난 안돼", "난 못해"라는 말이 무서운 건 자신감 결여를 낳기 때문이다. 스스로 한계를 지어버린 채 안된다고 하면 시도조차 할 수 없고, 시도를 하더라도 제대로 하지 못한다. 한계 짓기만큼 무서운 게 없다. "난 못해", "난 안돼"라는 말이 실은 자기 자신에게 주문을 거는 일이라는 걸 알아야 한다(이건 저주의 주문과 다를 게 없다).

사람의 뇌라는 건 그리 복잡하지 않다. 계속 안된다고 세뇌를 시키면 정말 안된다고 착각한다. 잘될 거야, 라는 주문을 걸어도 잘될까 말까 한데 계속 안된다고 하면 일이 잘될 리가 없다.

기대 이상의 일도 분명 생긴다

난 가사를 못 알아듣는 걸 싫어해 팝송을 거의 듣지 않는데, 유일하게 듣는 가수가 둘 있다. '비틀즈'와 '저니'다. 저니라는 그룹을 알게 된 지는 그리 오래되지 않았다.

텔레비전 채널을 돌리고 있는데 한 프로그램에서 나오는 노래가 귀에 꽂혔다. 불과 몇 초였지만 보컬의 목소리가 너무 인상적이어서 채널을 멈췄다. 남자는 멕시코 사람 같기도 하고 동남아 사람 같기도 했는데, 어쨌든 노래를 아주 시원하게 잘 불렀다. 정말 멍하니 남자의 노래를 들었다. 팝송임에도 불구하고 이 노래만큼은 끝까지 듣고 싶었다.

그 방송은 오프라 윈프리 쇼였고, 남자는 저니의 새 멤버 아넬 피네다였다. 저니는 1970~1980년대 세계적으로 유명한 밴드인데(나도 태어나기 전이라 잘 몰라 열심히 찾아봤다) 보컬인 스티브 페리가 탈퇴한 후로 한동안 활동하지 못했다. 그러던 중 저니의 남은 멤버들이 아넬 피네다가 필리핀 클럽에서 노래하는 영상을 인터넷으로 보게 된다.

아넬 피네다는 어린 시절 어머니를 잃고 친척집을 전전하다가 노숙자 생활까지 했다. 하지만 노래에 대한 꿈을 포기하지 않고 계속해서 밴드 활동을 하며 무대에 섰다. 아넬 피네다가 공연하는 것을 누군가 찍어 유투브에 올렸고, 저니의 멤버들로부터 연락이 온 것이다. 혹시 오디션을 볼 생각이 없냐고! 아넬 피네다는 그렇게 저니의 새 보컬리스트가 됐다.

아넬 피네다는 목소리만큼 인생도 드라마틱했다. 아직까지 잊히지 않는 건 오프라 윈프리의 질문이다. 오프라 윈프리는 아넬 피네다에게 물었다.

"당신이 저니의 멤버가 될 거라는 생각을 한 적이 있나요?"

"아니요. 단 한 번도 그런 상상을 한 적이 없어요."

아넬 피데다는 해맑게 웃으며 이렇게 대답했지만 그에겐 기대하지 않았던, 기대 이상의 일이 생긴 것이다.

방송을 본 이후로 난 아넬 피네다에게 빠져 저니의 노래를 미친 듯이 찾아 들었다. 그의 목소리도, 그의 인생도 너무나 좋았다. 아넬 피네다는 세계적으로 유명한 밴드의 보컬이 될 거란 상상을 한 번도 하지 않았지만, 그에게 상상조차 하지 못했던 대단한 일이 일어났다. 그가 저니의 멤버가 될 수 있었던 건 어떤 어

려움 속에서도 계속 노래를 불렀기 때문이 아닐까? 만약 그가
자신의 처지를 비관한 채 자신의 인생을 한계 짓고 노래를 포기
했다면? 그는 절대 저니의 멤버가 되지 못했을 것이다.

목표를 너무 높이 세우면 나중에 실망하는 일이 생긴다며 일
부러 목표를 낮게 세우는 사람도 있다. 실패했을 때 실망감을 느
끼지 않기 위해 예방주사를 맞듯 기대를 확 낮추는 것이다. 나는
그러한 행동이야말로 세상에서 가장 쓸모없는 일이라고 생각
한다. 도대체 누구를 위한, 무엇을 위한 예방주사인지 모르겠다.
아무것도 기대하지 않으면 실망하지 않을지 모르지만, 기대가
없다면 시도조차 하지 않게 된다.

물론 허황되게 높은 목표는 성취하
는 기쁨을 못 느껴 좋지 않을 수
도 있다. 하지만 미리부터 자신의
한계를 낮출 필요는 없다.

인간의 삶은 기계가 아니다.
INPUT만큼 꼭 OUTPUT이 나
오지는 않는다. 예측도 불가능하
다. 그렇기 때문에 때론 기대하지
않던 일들이 생기기도 한다. 자신
의 삶을 한계 짓는 것보다 기대하

며 걸어가는 게 더 좋다.

내 삶에 앞으로 어떤 일이 생길지는 아무도 모른다. 아넬 피네다가 부른 저니의 노래 중 〈돈 스톱 빌리빙(Don't stop believing)〉이란 노래가 있다(이 노래 제목과 같은 아넬 피네다의 삶을 그린 다큐멘터리도 있다).

그 노래 가사 같은 일이 이미 아넬 피네다에게 생겼고, 나에게도, 너에게도, 누구나에게 생길 수도 있다.

생각하는 삶을 살자

강연을 가서 난 아이들에게 "얘들아, 생각하고 살아야 해"라는 말을 자주 하는데, 몇몇 아이들이 "생각 없이 사는 사람이 어딨어요?"라고 반박한다. 맞다. 생각 없이 사는 사람은 없다. 난 "너, 생각이 있냐, 없냐?"라는 말이 싫다. 세상에 생각 없는 사람이 어디 있으랴. 하지만 생각의 길이와 깊이는 저마다 다르다.

과연 우리는 얼마만큼 생각하며 살고 있을까?

오늘 하루 내가 무슨 생각을 했는지 따져보자. 의외로 생각한 것들이 그리 많지 않다. 학교에 있을 때는 수업을 따라가기에 급급하고, 쉬는 시간이나 집에 있을 때는 인터넷을 하거나 TV를 보거나 카톡을 하면서 시간을 보내기 때문에 생각하는 시간이 너무나 짧다.

　나 역시 스마트폰을 사용하면서 생각하는 시간이 많이 줄었다. 화면을 터치해 글을 읽고, 또 다른 창으로 링크해서 들어가고, 또 링크하고…… 인터넷을 할 때 시간은 정말 빠르게 지나간다. 더욱이 인터넷을 하면서는 생각을 거의 하지 않는다. 즉흥적으로 새 창을 열고 옮겨 다닐 뿐이다. 할 일이 없거나 심심할 때 인터넷을 하면 시간이 아주 잘 간다. 지하철이나 버스 안에 있는 사람들 80퍼센트 이상은 스마트폰을 만지작거리고 있다. 인터넷을 하는 동안 '내 생각'이란 없다. 인터넷에 올라온 글을 보고 웃거나 다른 걸 검색하는 행위 자체를 과연 생각이라 할 수 있을까? 그 속에 내 생각이란 게 있긴 한 걸까?

　게다가 인터넷에 올라온 글들을 계속 읽다 보면 자연스레 생각의 길이도 짧아지게 마련이다. 작은 화면으로 글을 읽으면 피곤해져서 긴 글은 읽지 못한다. 뉴스를 읽더라도 몇 줄 읽고 만다. 의외로 인터넷상에서 상호 소통은 잘 이뤄지지 않는다. 사람들은 인터넷에서 제공하는 일방적인 정보를 아무 의심 없이 받아들인다.

아는 건 많다. 하지만?

　생각의 길이가 짧아지는 것만큼 위험한 일은 없다. 기기의 발달로 사람들은 더 똑똑해지는 게 아니라 멍청해지고 있다. 정보의 홍수 속에서 아는 건 참 많은데 생각의 길이는 점점 짧아진다. 너무나 즉흥적으로 생각한다. 인터넷상에서 튀기 위해 일부러 더 자극적이고 주목받을 만한 행동을 연출하고 그런 사진을 자랑스레 올리는 일도 다반사다. 이것은 머리가 나빠서 그러는 게 아니다. 생각이 없어서 그런 것도 아니다. 다만 생각이 짧아서다. 조금만 더 깊이 생각하면 하지 않을 행동이 분명한데, 짧게 생각해서 벌어지는 일이다.

　스스로 생각하지 않고 타인이 생각한 것을 자신의 것으로 착각하며 사는 사람들도 많다. 내 기준, 내 생각이 없다. 주입식 교육이 이뤄지는 곳은 학교보다 인터넷 공간이 더 심하다. 최소한 누군가 직접 말하는 것을 들으면서는 '어, 저건 아닌데?'라고 생각할 수가 있다. 하지만 인터넷에 떠다니는 정보들은 무의식중에 내 안으로 흘러들어오고, 그것이 자신의 것이라고 착각하는 경우가 많다(댓글 부대가 괜히 있는 게 아니다!). 주체성 없이 사는 사람들이 얼마나 많은지?

　나는 인공지능이 인간을 지배하는 미래를 그린 영화나 만화를 별로 좋아하지 않는다. 말도 안돼, 어떻게 저럴 수 있어? 저건 지나친 비약이야, 라고 생각했다. 하지만 실제로 그렇게 될까 봐 걱정된다. 컴퓨터 등의 인공지능이 똑똑해져서 그런 게 아니라 인간이 멍청해져서 가능할 것 같다.

생각의 길이 늘리는 방법

생각의 길이를 늘리기 위해서는 아무것도 하지 않고 생각하는 시간을 따로 두는 게 좋다. 하루에 최소 10분만이라도 컴퓨터, 스마트폰, TV에서 벗어나 가만히 책상에 앉아 생각을 하자. **펜과 종이가 있다면 더욱 좋다.** 머릿속으로만 생각하는 게 잘 되지 않으면 생각나는 걸 적어보는 거다. 요즘 내가 생각하고 있는 것들에 관해서.

현재 나를 괴롭히는 고민이나 문제를 적어도 좋고, 사회에서 이슈가 되고 있는 것들에 대한 내 생각을 써보는 것도 좋다. 아니면 내가 바라는 게 뭔지, 내일은, 이번 주는 어떻게 보낼지 등을 적어보자. 막연히 속으로만 생각하는 것보다 더 많은 생각이 떠오르게 된다. 찰나에 지나가는 생각을 붙잡을 수도 있고, 생각들을 정리할 수도 있다. 수업을 들을 때도 필기를 할 때와 하지 않을 때를 비교하면 필기를 할 때 더 기억에 잘 남는다. 이처럼 메모하는 습관을 들이면 좋다. 생각을 메모하다 보면 생각의 깊이는 자연스레 깊어진다.

두 번째로 추천하고 싶은 것은 책읽기다. 내가 작가라서 하는 말이 아니라 책만큼 생각하기 좋은 도구는 없다. 책보다 재미있는 이야기는 무척 많다(난 죽을 때까지 미드보다 더 재밌는 이야기는 쓸 자신이 없다). 하지만 영상 매체와 다르게 책만이 가능한 일이 있다.

인터넷을 하거나 텔레비전을 보는 건 쉬었다 할 수 없다. 하지만 책은 다르다. 책을 읽다가는 언제든지 '멈출 수'있다. 그리고 그 문구에 대해서, 아니면 책을 읽다가 떠오른 생각에 대해 머무를 수 있다.

명색이 나도 작가니, 책에 대해서는 좀 길게 할 말이 있다.

나의 든든한 백: 내 인생의 책 한 권

작가가 되고 나서 가장 많이 받았던 질문은 바로 책과 관련된 것이다. 가장 재미있게 읽은 책이 뭐냐, 추천해주고 싶은 책은 어떤 책이냐. 이 질문은 받을 때마다 대답이 바뀐다. 아무래도 추천해주고 싶은 책은 질문을 하는 대상에 따라 다르고, 재밌게 읽은 책은 최근에 읽은 책을 이야기하기 때문이다.

　책과 관련한 질문에서 한 번도 대답하지 못한 책이 한 권 있다. 바로 무라카미 류의 『69』라는 소설이다. 이 책은 내가 가장 재밌게 읽은 책도, 가장 좋아하는 책도 아니다. 내용을 간단하게 이야기하자면, 작가 무라카미 류의 자전적인 이야기로 1969년을 배경으로 하는 학원물이다.

　무라카미 류의 『69』를 처음 읽었던 때는 고 2 가을이었다. 그 당시에는 꽤 재미있게 읽기도 했지만, 무엇보다 이 책이 좋았던 이유는 작가의 말 때문이었다. 무라카미 류는 **"즐겁게 살지 않는 것은 죄다"**라며, 자신을 괴롭혔던 사람들에게 할 수 있는 유일한 복수 방법은 그들보다 즐겁게 사는 것이라고 이야기했다. 그 구절을 읽고 한 대 얻어맞은 것처럼 머리가 띵했다.

　십대 때(십대 소녀 누구나 그렇겠지만) 나는 참 고민이 많았다. 친구들과 사이가 좋지 않아 힘들기도 했고, 부모님에게 혼나면 집 나가고 싶단 생각도 들고, 나만 보면 트집 잡던 선생님 때문에 학교 가는 게 싫을 때도 있었다. 당시에는 고민제조기라고 할 만큼 끊임없이 고민이 이어졌다. 누군가가 또는 어떤 일이 나를 힘

들게 할 때 제일 먼저 드는 생각은 '아~ 내가 세상에서 사라지면 그 사람은 내게 미안해하겠지? 지금 고민스러운 일은 다 끝나겠지?'다. 하지만 과연 그럴까? 그렇지 않다. 내가 세상을 떠나면 가장 손해 보는 건 바로 나다.

막연히 내가 왜 살아야 하나? 이런 생각을 남모르게 하기도 했는데, 책『69』의 구절 하나가 모든 걸 바꾸어놓았다. 내가 살아야 하는 이유, 내가 즐거워해야 하는 이유는 모두 '나' 때문이다. 어떤 가르침과 충고보다 "즐겁게 살지 않는 것은 죄다"라는 구절이 내게 더 와 닿았다.『69』를 읽은 이후로 책의 그 구절은 내 삶의 모토가 되었다.

가장 재미있게 읽은 책과 추천해주고 싶은 책을 묻는 질문에, 나는 무라카미 류의『69』를 대답하지 않는다. 하지만 무라카미 류의『69』는 '내 인생의 책'이다.

고 2때 이후로 나는 주기적으로『69』를 읽고 있다. 3년에 한 번 꼴이다. 내가 지독한 슬럼프에 빠져 도저히 어떻게 해야 할지 모를 때였다. 대학 졸업을 앞두고 한참 진로를 고민할 때, 남자친구와 헤어져 힘들 때, 막상 작가가 되었지만 어떤 글을 써야 할지 몰라 방황할 때. 최근에도『69』를 책장에서 꺼냈다. 내가 오랫동안 고심해서 쓴 글을 편집자에게 보여주었는데, 책으로 출간하기 어렵다는 이야기를 들었던 터였다.

여러 번 읽은 『69』는 처음 읽었을 때와 비교하면 재밌지는 않다. 어떨 때는 이걸 그때는 왜 그렇게 재밌게 읽었지? 하는 생각마저 든다. 하지만 이 책을 읽을 때면 과거의 나를 불러올 수가 있다. 맞다, 그때도 힘들었지, 근데 다 이겨냈어, 하면서. 『69』는 내게 가장 좋은 카운슬러이자 든든한 '백'이다. 아마 한동안 나는 이 책이 집에 있는지 없는지조차 모른 채 잊고 살 거다. 하지만 사는 게 힘들어지거나 슬럼프에 빠지면 또다시 『69』를 꺼내 읽을 것이다.

스펙보다는 재미

책 읽기를 좋아하는 아이들도 있지만 그렇지 않은 아이들도 많다. 학생들은 내가 작가라는 직업을 가졌기에 "왜 책을 읽어야 하죠?"라는 질문부터 "책을 끝까지 다 못 읽겠어요. 어떻게 하면 책을 끝까지 읽을 수 있나요?", "책을 많이 읽을 수 있는 방법은 무엇인가요?" 같은 독서와 관련된 질문을 많이 한다.

선생님이나 부모님이 책을 많이 읽어야 한다고 하는데 정작 본인은 책 읽기가 재미없거나, 왜 책을 읽어야 하는지조차 모른 채 독서를 '의무'로 생각하여 답답해하는 아이들이 많다. 심지어 남들보다 책을 많이 읽지 못하는 걸 뒤떨어진다고 생각하기까지 한다. 안타깝게도 어느새 독서는 하나의 스펙이 되어버렸다.

나는 아이들에게 책을 읽기 싫으면 읽지 않아도 된다고 말해준다. 하기 싫은 일을 억지로 하는 것만큼 지루하고 짜증나는 일은 없으니까. 다만, 책 읽는 즐거움을 알고 있다면 인생이 조금 더 재밌을 거라고 덧붙인다. 책을 읽어야 하는 가장 큰 이유는 '재미' 때문이다. 책이 재미없는 건 독자의 탓이 아니라 책을 재미없게 쓴 작가 탓이다.

나처럼 직업이 '작가'인 사람들은 재미있어서 책을 읽기도 하지만, 정말 '일'로써 책을 읽을 때가 더 많다. 나의 하루를 보면 글을 쓰는 시간보다 다른 사람의 글을 읽는 시간이 더 길다. 영감이나 소재를 얻거나 최신 문학의 경향을 알기 위해 재미없는데도 억지로 읽기도 한다.

하지만 작가인 나도 순수한 독자로서 책을 읽을 때가 있다. 바로 내가 좋아하는 작가의 작품을 읽을 때다. '모리 에토'와 '히가시노 게이고', '위화'는 내가 제일 사랑하는 작가들이다. 이 세 작가의 작품은 무조건 찾아 읽고, 신작이 나오기만을 손꼽아 기다린다(이 세 작가는 언제나 옳다!). 팬의 입장에서 나를 늘 만족시켜주는 작가이기에 그들의 작품을 설레면서 기다리고, 또 읽는다. 내가 좋아하고 기다리는 작가가 있다는 것은 내 인생에서 커다란 즐거움이다.

　독일 작가 마르틴 발저는 "사람은 자기가 읽은 것으로 만들어진다"라고 했는데, 난 그 말을 매우 신뢰한다. 어떤 사람을 알게 되었을 때 나는 최근에 읽은 책 다섯 권을 물어보거나 또는 가장 좋아하는 책 다섯 권이 어떤 것인지를 물어본다. 상대가 말하는 책을 들으면 대강 그 사람이 어떤 사람인지 짐작할 수 있다. 베스트셀러만을 이야기하는 사람이라면 확실한 취향이 있다기보다 타인이 추천해주는 것을 주로 구매하는 사람일 것이고, 여행 관련 서적을 이야기한다면 그 사람은 최근 여행 갈 계획이 있거나 여행을 가고 싶어 한다는 걸 알 수 있다. 내가 최근에 읽은 책은 소설책 두 권과 그림동화 두 권, 육아서적 한 권이다. 소설책은 직업(?)적으로 읽었고, 나머지 세 권은 태교를 위해서다. 내가 말한 책 목록을 이야기하면 상대 역시 내가 어떤 상태인지 알 수 있을 것이다.

　책 읽기가 왜 재미있는지 모르겠다면, 그것은 아직 재미있는 작가를 만나지 못해서다. 책을 여러 권 읽다 보면 그중에 마음에 드는 작가를 찾을 수 있다. 그러면 자연스레 작가가 어떤 사람인지 찾아보고 그가 쓴 다른 작품들을 찾아 읽으면 된다.

　한 명의 작가로 만족이 되지 않으면 '장르'로 접근하는 것도 좋은 방법이다. 나는 성장소설을 주로 쓰는 '모리 에토' 덕분에

시시한 어른이 되지 않는 법

성장소설에 매력을 느껴 '사소 요코', 'E. L. 코닉스버그' 등의 다른 성장소설 작가도 좋아하게 되었고, '히가시노 게이고' 덕분에 '미나토 가나에', '미야베 미유키' 등 다른 작가의 추리소설들도 접하게 됐다. 최근에는 사노 요코, 김연수 작가의 에세이를 읽으며 에세이 읽기에도 재미를 붙였다.

많은 사람이 자신이 좋아하는 영화, 음악 등의 취향은 알고 있지만, 책의 경우는 잘 모르는 이가 많다. 그러다 보니 자연스레 책읽기를 멀리하게 되고, 책 읽는 재미를 모른 채 살아간다. 베스트셀러라고, 유명하다고 해서 읽었는데 나와 맞지 않아 실망한 적이 많을 것이다. 하지만 자신이 좋아하는 작가를 최소한 두 명 이상, 또는 좋아하는 장르를 갖고 있다면 책 읽기는 더 이상 의무가 아닌 진정한 '취미'가 될 수 있을 것이다. 그리고 이 취미야말로 생각의 길이를 늘리는 가장 재미있는 방법이기도 하다.

어쩌면 훗날 사람을 평가하는 데 생각하는 힘, 즉 사고력이 지능지수나 감성지수보다 더 중요한 지표가 될지 모른다. 사고력이야말로 나 자신을 지켜주는 큰 자산이 되기 때문이다.

생각한다. 고로 나는 존재한다.

이 말은 과거에도, 지금도, 앞으로도 유효할 것이다.

그 밖의 소소한 주의 사항

욕을 아껴두자

길을 걷거나 버스를 타고 가다 보면 십대들이 욕하는 걸 심심치 않게 들을 수 있다. 한번은 내 앞에 두 명의 고등학생 남자애들이 걸어가고 있었다. 왼편 남자애가 옆 친구에게 "나 졸라 싸고 개 맛있는 떡볶이집 아는데 우리 거기 가자"라고 말하는 걸 들었다. 난 당장 그 남자애의 손목을 잡을 뻔했다. 거기가 어딘지 묻고 싶었다. 만약 많이 싸고, 많이 맛있는 가게라고 표현했다면 그냥 그런가 보다 했을 텐데, '많이'를 표현하는 두 가지의 각각 다른 비속어를 써서 말하니 정말로 값도 싸고 맛도 끝내주

게 있을 것 같았다. 하지만 이상한 아줌마 취급을 받을까 봐 물어보지는 못하고 속으로 무척 궁금해했다.

사람들은 욕을 한다. 기분이 나빠서라기보다 일상 대화에서 자연스레 하는 경우도 많다. 어른들보다는 십대들이 욕을 더 많이 하는 것 같다. 돌이켜보면 나도 십대 때 욕을 꽤 했고, 주변 친구들도 그랬다. 노는 아이가 아니더라도 십대 시절에는 많은 아이들이 욕을 추임새처럼 쓴다.

스무 살이 넘어가면서 점차 말을 할 때 욕을 안 하게 됐다. 왠지 고상해 보이지 못하다는 생각이 들기도 했고, 주변에 욕을 하는 사람들이 줄어들어 욕 추임새를 넣을 일이 없었다. 어쩌면 십대들이 욕을 하는 이유는 친구들과 소통하는 방법 중 하나이기 때문 아닐까? '우리들만 쓰는 언어'라는 공감대가 있기에 자연스레 욕을 주고받는 것이 아닐까 싶다. 오히려 친구들이 다 욕을 하는데 혼자만 안 하고 있으면 이상한 사람 취급 받는다. 욕을 하는 친구에게 "어머, 너 그런 나쁜 말 쓰지 마!"라고 한다면 곧바로 욕 한 바가지 들어야 할 것이다.

십대들에게 욕 좀 하지 말라고 입이 닳도록 말해도 잘 고쳐지지 않는다. 혼을 내도 소용없다. 욕은 십대들의 대화 방식이기도 하니까.

욕이 나쁜 것만은 아니다. 욕에는 분명 순화적인 기능이 있다.

따라서 무조건 욕을 하지 말라는 것이 아니다.

　문제는 십대 때 썼던 욕을 스무 살이 넘어서도 계속 쓰거나 자주 쓸 때 생긴다. 십대들이 욕을 하면 뭐 그럴 때니까, 하고 넘기지만 어른들이 욕을 하면 정말 없어 보인다. 그래서 나도 욕을 하지 않는 것 같다.

　아니, 사실 내가 욕을 안 하는 이유는 따로 있다. 어른이 되고 난 후에도 가끔 욕을 한다. 너무 화가 나서 기분이 쉬이 풀리지 않거나, 미칠 만큼 속상할 때 아무도 없는 공간에서 욕설을 내뱉는다. 딱 한마디다.

　　"아, 씨발."

　때론 이 욕설을 일기에 쓰기도 한다. 이 한마디면 그때의 감정 상태를 충분히 표현한 게 된다. 예전 일기를 읽는데 이 욕설이 적혀 있으면 그때 기분이 진짜 별로였다는 걸 알 수 있다.

　욕은 나의 히든카드다. 정말 화가 났을 때 욕을 하고 나면 속이 좀 시원해진다. 만약 내가 십대 때처럼 여전히 표준어의 부사나 감탄사 대용으로 욕을 해댄다면, 욕은 내게 아무 도움도 주지 못할 것이다.

　욕이 정말 필요한 순간이 있다. 너무 자주 욕을 한다면 정작 필요할 때 욕은 아무 기능도 하지 못한다. 마치 양치기 소년의 말처럼 말이다.

그러니 욕을 좀 아껴둘 필요가 있다.

한글맞춤법도 좀 신경 쓰자

인터넷의 발달로 하루에도 수십 차례 다른 사람들이 쓴 글을 보게 된다. 다른 사람의 말소리보다 글을 더 많이 접하는 것 같다. 뉴스에서부터 그 뉴스에 달린 댓글, 지인들의 SNS, 커뮤니티에 올라온 글, 카톡방 등등 사람들은 참 글을 많이 쓴다.

그런데 인터넷 속 글들을 죽 읽다 보면 맞춤법이 틀린 경우를 자주 본다.

어처구니가 없거나 기가 막힐 때를 표현하는 '어이가 없다'를 '어의 없다'라고 쓰거나, '굳이'를 '구지'라고 쓰거나, '도대체'를 '도데체'로, 'A가 B보다 더 낫다'를 'A가 B보다 더 낳다'라고 쓴다. 이외에도 자주 틀리는 맞춤법이 꽤 많다.

아이들보다 어른들이 맞춤법을 더 많이 틀린다. 오히려 초·중·고등학생들은 현재 학교를 다니고 있기에 맞춤법을 틀리지 않는다. 학교를 졸업한 지 오래될수록 더 많이 틀리는 듯하다. 단순히 나이가 들어 그렇다고 할 수는 없다. 공부를 많이 안 해서 그렇다고도 할 수 없다. 많이 배웠건 덜 배웠건 상관없다. 인터넷상에서는 맞춤법의 하향평준화가 일어난다.

도대체 왜 그럴까 생각해보니, 아마 틀린 맞춤법을 보며 지내기 때문이 아닐까 싶다. 책만 하더라도 '오타'라는 실수가 아닌 이상 맞춤법이 틀리는 경우가 없다. 작가와 편집자가 꼼꼼하게 원고 교정을 본다. 하지만 인터넷에 올라온 글들은 교정 과정이 없다. 인터넷에서 보는 뉴스도 별반 다를 게 없다. 인터넷 뉴스는 속도전이기에 대부분 교정 과정 없이 바로 사이트에 게재된다(그래서 댓글로 친절하게 틀린 맞춤법을 교정해주는 사람들도 있다).

맞춤법 한두 개 틀려도 읽는 사람이 다 알아들으면 상관없지 않나요? 하고 반문할 수도 있다. 뭐 그렇긴 하다. 하지만 글은 곧 그 사람의 교양 수준을 보여준다. 어떤 단어를 골라 쓰고, 글의 뉘앙스가 어떤지를 보면 대강 알 수 있다. 그중에서 맞춤법은 가장 기본이다. 아무리 잘 쓴 글이라도 맞춤법이 틀린 글자가 보이면 잘 썼다는 생각이 들지 않는다.

재미있는 건 우리나라 사람들은 한글맞춤법에는 매우 관대하면서 영어를 쓸 때는 그렇지 않다는 사실이다. 영어로 SNS에 글을 올릴 때는 올리기 전에 인터넷 사전으로 그 단어를 검색해보는 사람이 많다. 혹시 스펠링이 틀려 망신당하지 않을까 걱정해서다. 하지만 한글맞춤법은 별로 개의치 않는다. 영어는 완벽하게 써야 한다고 생각하면서 우리말은 대충 해도 된다고 생각하는 것 같다. 왜 영어는 틀리면 안 되고 우리말은 틀려도 된다고 생각하는 걸까? 영어를 쓸 때만 사전 검색을 하지 말고, 우리말을 쓸 때도 검색해서 정확히 쓰자.

대학교 1학년 학생들에게 교양 국어를 가르친 적이 있다. 수업 첫 시간에 학생들에게 꼭 나눠주는 게 있다. 자주 틀리는 맞춤법 정리표다. 글을 논리적으로 잘 쓰는 것도 중요하지만, 맞춤법이 틀리면 잘 쓴 글의 점수를 깎아먹게 되니 주의하라고 했다. 그러면서 농담으로 "조인성이나 김태희처럼 잘생기고 예쁜 선배가 맞춤법을 틀리게 쓰면 좀 깨지 않겠어요?"라고 말했다. 여학생과 남학생의 반응은 확연히 달랐다. 여학생들은 "좀 그렇긴 해요"라고 했지만, 남학생들은 눈을 동그랗게 뜨고 "왜요?"라고 외려 내게 물었다. 김태희처럼 예쁜데 그게 무슨 상관이냐는 거다. 자기들은 상관없다고 했다. 남학생들이 그렇게 나오니 더는 할 말이 없었다. 하지만 여자들은 조인성처럼 생긴 사람이 맞춤법이 틀리면 실망한다. 아무래도 맞춤법은 여자들보다 남자들이 더 주의해야 할 사항인지도 모르겠다.

인터넷 댓글, 어디까지 달아봤니?

인터넷을 하는 재미 중 하나가 바로 뉴스에 달리는 댓글 읽기다. 어쩌면 이렇게 사람들이 기발한 생각을 할 수 있는지, 이슈가 되는 기사의 댓글은 꼭 찾아본다. 일부러 댓글을 보기 위해 뉴스를 클릭할 때도 있다.

난 귀찮아서 댓글을 거의 남기지 않는다. 이제까지 열 번도 채안 썼다. 처음 댓글을 달았을 때가 기억난다. 내 인생의 첫 댓글은 배우 김희선에 대한 뉴스였다. 인터넷 뉴스에 김희선의 직찍이 올라왔는데, 인간적으로 같은 여자인 내가 봐도 너무너무 예뻤다. 순간 허탈한 마음과 부러운 마음을 감출 수 없어 나도 모르게 댓글을 달고 있었다.

'김희선도 언젠간 늙는다.'

이게 벌써 10년 전 일이다.

요즘은 댓글을 거의 달지 않지만 내가 동의하는 댓글에는 공감 버튼을, 동의할 수 없을 때는 비공감 버튼을 꼭 누른다. 나름 나만의 참여의식이다.

종종 비공감을 넘어서 눈살이 찌푸려지는 댓글을 보게 된다.

 시시한 어른이 되지 않는 법

욕설과 비하가 가득한, 이걸 사람이 직접 썼나 의심이 될 정도의 심한 글이다. 바로 악플이다.

평소 생활할 때는 막말과 욕설을 잘 쓰지 않지만 인터넷에서는 180도로 변하는 이들이 있다. '익명'이라는 찬스를 얻었다고 생각해서다. 직접 만나서는 절대 하지 못할 말들을, 아무도 내가 그 글을 썼는지 모른다는 확신 때문인지 너무나 쉽게 해버린다. 세상에서 가장 비겁한 당당함이다.

글을 쓸 때는 말을 할 때보다 더 신중해야 한다. 말이라는 건 시공간 제약이 있어서 휘발되지만, 글이라는 건 기록되어 계속 남는다. 인터넷에 쓴 글들도 마찬가지다. 공유되는 시간이 짧을지라도 그 글은 계속 남아 있다. 쓴 자신이 잊고 있더라도 말이다. 최근 '잊힐 권리'라고 해서 인터넷에 올린 글을 삭제하는 기능이 생겨야 한다는 이야기들이 나오고 있다. 이런 주제가 언급되는 건, 아마도 이제야 인터넷 글에 유효기간이 없다는 것에 대한 무서움을 알았기 때문이지 않을까.

인터넷에 글을 쓸 때 신중하라고 이야기하면, 내가 내 의견을 표현하는 건 자유인데 왜 뭐라고 하냐고 따지는 사람도 있을 것이다. 악플을 다는 것이 단지 십대들의 문제만은 아니다. 악플러들을 구속하고 보면 십대보다 성인이 더 많다고 한다. 악플러 성인에게는 딱히 해주고 싶은 말이 없다(이미 그들은 늦었다고 생각한다). 하지만 십대에게는 묻고 싶다. 인터넷에 남긴 글을 입 밖으로 내뱉을 수 있느냐고. 아니, 종이랑 펜을 주면 그곳에도 똑같이 적을 수 있느냐고. 키보드로 두드리기는 쉽지만 말로 하거나 종이에 직접 쓰는 건 쉽지 않다. 본인이 생각하기에도 그건 진짜 '욕'이니까. 욕도 마찬가지다. 말로는 쉽게 내뱉어도 종이에 직접 욕을 써보라고 하면 못 쓴다.

장난으로 댓글을 달기 전에 한 번쯤 더 생각하고 인터넷에 글을 쓰자. 내 얼굴이 다른 사람에게 보이지 않는다고 안심할 게 아니다. 이미 내가 나를 보고 있고, 그 글 역시 내가 세상에 남긴 흔적이다. 3년 뒤, 5년 뒤에도 부끄럽지 않을 흔적이 될지를 따져보자. 현재의 '나'는 어제라는 과거가 모인 총합이다. 오늘 내가 남긴 흔적은 바로 '나' 그 자체다.

기억하자. 인터넷에 쓰는 글은 사라지지 않는다는 사실을.

학교 강연을 가면 아이들이 하는 질문은 거의 비슷하다. 재밌는 건 내가 십대 시절 고민했던 걸 지금의 아이들도 똑같이 고민하고 있다는 사실이다. 아이들이 제일 많이 물어보고 궁금해하는 것들, 그리고 내가 꼭 답해주고 싶은 질문들을 모아보았다.

친구, 꼭 있어야 하나요?

　새 학년이 되기 전 걱정하는 일 중에 하나는 바로 누구랑 같은 반이 될까, 라는 문제다. 친했던 아이들과 같은 반이 될 수 있을까? 새 친구를 사귀지 못하면 어쩌지? 하는 고민은 누구나 한 번쯤 해봤을 것이다. 그리고 새 학년, 새 반에 배정되어 가장 먼저 하는 건 반 아이들을 스캔하는 일이다. 누가 나랑 친해질 수 있을까, 어떤 친구가 나랑 마음이 맞을까를 파악한다.

　돌이켜보면 내가 십대 때 학교를 다니면서 받았던 가장 큰 스트레스는 성적, 진로 문제보다 '친구 관계'였다.

　실제로 친구에 관한 고민을 토로하는 아이들이 많다. 공부를 잘하지 못하면 열심히 한다는 대처 방안이 있고, 살이 찌면 다이어트를 하는 방법이 있다. 이렇듯 개인의 문제는 해결 방법이라도 있다. 하지만 친구 문제는 그렇지 않다. 친구는 '관계'의 문제다. 아무리 내가 잘하고 열심히 한다고 해서 인정받거나 잘되는 것이 아니다. 사람과 사람 사이에서 많은 문제가 생기고, 이를 풀어나가는 게 쉽지 않다. 더욱이 친구 사이에 문제가 생겼을 때는 이에 대해 말하는 건 부끄럽고 창피하다는 생각이 들어 타인에게 털어놓는 걸 꺼려한다.

그건 어른들도 마찬가지다. 과거를 회상할 때 공부를 못하거나 외모 콤플렉스가 있거나 가정형편이 좋지 않은 경험에 대해서는 스스럼없이 이야기한다. 하지만 "나 친구 없었어"라거나 또는 "나 친구 때문에 문제가 좀 있었어"라는 말을 하는 사람은 거의 보지 못했다. 너무나 당연하고 누구나가 겪는(혹은 겪었던) 문제인데 왜 그런 걸까?

우리는 아주 어렸을 적부터 "친구는 사이좋게 지내야 해", "친구란 좋은 거야"라는 이야기를 많이 듣고 자랐다. 교과서에도 그 말이 나오고, 우정에 관한 교훈적인 옛이야기도 참 많다. 그렇기에 친구가 없거나 친구 간에 문제가 생기면 자신만 이상한 사람이 되어버린다. 다들 사이좋게 지내는데 내가 문제인가? 내 성격이 이상한가? 이러다가 나는 사회 부적응자가 되어버리는 게 아닐까? 별별 고민을 다 하게 된다.

나를 힘들게 했던 친구들

나는 증평이란 곳에서 초등학교, 중학교까지 다닌 후 고등학교는 옆 도시인 청주로 가게 됐다. 증평에는 인문계 고등학교가 없기에 증평 아이들은 다들 청주로 고등학교를 가야 했다.

그런데 내가 입학한 고등학교에 같은 중학교 출신 아이들은 열 명도 채 되지 않은 데다, 고 1 때 같은 반이 된 중학교 동창은 한 명도 없었다. 반대로 청주 아이들은 같은 중학교 출신이거나 같은 동네 아이들이 있었기에 이미 서로 아는 사이였다.

난 앞뒤 자리에 앉은 아이들과 친해지면서 다섯 명의 무리에 들어가게 됐다. 그 무리는 A라는 여자애가 리더 노릇을 했는데, A가 좋아하는 아이돌 그룹과 내가 좋아하는 아이돌 그룹은 라이벌이었다. 나머지 아이들은 리더 A가 하자는 대로 다 따랐고, 그 애의 말에 귀 기울였지만 나는 그게 너무 피곤했기 때문에 서서히 그 무리에서 나와버렸다.

그 후 다른 친구들과 어울리게 되었는데, 이번에는 B라는 애가 나를 미워했다. 티 나게 나를 따돌린 건 아니었는데 느낌상 아, 얘가 날 별로 안 좋아하는구나, 정도는 눈치챘다. 내가 말을 하면 "그거 아닌데", "아, 또 나서"라는 식으로 반박을 하거나 트집을 잡았다. 1년이 지나 다른 친구가 이야기하길, 내가 점심시간 직전 교무실에 심부름을 다녀올 때 일부러 나를 떼놓으려고 B가 여러 번 황급히 다른 친구들을 몰고 급식실로 갔다고 했다. 2학년 때는 B랑 같은 반이 아니었고 더 이상 B를 마주치는 일이 없었지만, 1년이 지나 그 이야길 전해 들었을 때 꽤 상처를 받았다. 미움을 받았다는 게 무척 속상했다.

어쨌든 여기저기 떠돌다가 고 1 때는 제대로 된 친구를 사귀지 못한 채 학년을 마쳤다. 고 1 때는 학교에 가는 게 정말 재미없었고 나만 외딴 섬에 홀로 떨어진 기분이었다. 심각하게 학교를 그만둘까 고민까지 했다. 하지만 이 이야기를 누구에게 털어놓은 적은 없다. 부모님과 형제들에게도, 친했던 초·중·고등학교 단짝 친구에게도 하지 않았다. 자존심이 상해서다. 혹여 친구들과 어울리지 못한다고 하면 내가 문제가 있어 보일까 봐 겉으로 드러낼 수가 없었다. 그 시절을 생각하면 나 자신이 참 안됐다는 생각이 들어 과거의 나를 꼭 안아주고 싶다. 친구가 없어서 안된 게 아니라, 그것 때문에 혼자 속으로 끙끙거린 내가 아프다.

고 1 때는 친구 문제로 하루하루가 끔찍했는데, 다행히 고 2가 되면서 B와 같은 반이 되지 않았고 새로운 친구들을 사귀었다. 그러면서 다시 학교 다니는 게 재밌어졌다.

고 1 때 내가 걱정했던 것은 '지금처럼 남은 고등학교 생활도 친구들과 사이가 좋지 않으면 어떻게 하나'였다. 하지만 학년이 바뀌면서, 또 학교를 졸업하면서 주위 환경은 바뀌게 마련이다. 지금 현재 친구 때문에 고민하고 있다면 크게 걱정하지 말라고 이야기해주고 싶다. 지금은 널 괴롭히며 미워하는 아이가 있을지 모르지만, 그 아이와 다른 반이 되거나 학교를 졸업하게 되면 그 애는 네 인생에 조금도 관여하지 못할 뿐 아니라, 너는 그 아이를 만나지 않아도 된다. 나 역시 날 미워했던 B라는 아이를 고등학교 졸업 이후 잊어버렸다. 이름조차 기억나지 않았는데, 이 글을 쓰면서 간신히 떠올렸다.

얼마 전 기타노 다케시(일본의 유명 개그맨, 배우이자 영화감독)의 에세이를 읽는데 이런 구절이 나왔다. 일본에서도 왕따 문제 등으로 자살하는 십대들이 많은데, 기타노 다케시는 그 이유를 어른들이 잘못된 가르침을 주었기 때문이라고 했다. 만약 아이들에게 "친구 따위 없어도 괜찮아"라는 말을 해주었다면 친구가 없다고, 친구에게 미움 받는다고, 친구에게 괴롭힘 당한다고 자신의 인생을 하찮게 여기고 비관하는 일은 없지 않겠느냐는 말이다. 그 글을 읽고 너무나 허탈했다. 그걸 학교를 다 졸업한 지금 알려주면 어쩌느냐고 누구에게든 따지고 싶었다(뭐 지금이라도 알았으니 다행이다. 내가 꼬부랑 할머니가 되어 알았으면 진짜, 정말, 엄청 억울했을 거다).

다들 사이좋게 지내라니까 문제가 된다. 분명 친구끼리 사이가 좋지 않을 수도 있는데, 실은 그럴 때가 더 많은데 '친구=사이좋게 지내야 함'이라고 가르치니, 친구 관계에 문제가 생기면 나만 이상한 사람이 되어버린다. 친구 좀 없어도, 친구랑 사이가 좋지 않아도 괜찮다.

친구와는 당연히 사이좋게 지내야 한다, 라는 말이 나는 싫다. 그건 좀처럼 쉽지 않으니까. 실은 어른들 중에 사이좋게 못 지내는 사람이 얼마나 많은가? 그러면서 왜 아이들에게만 사이좋게 지내라고 강요하는가! 같은 교실에 있는 30여 명 아이들의 공통점은 딱 하나뿐이다. 비슷한 지역에 살고 나이가 같다는 것. 그밖에 비슷한 것은 없다. 취향도, 성격도 다른 아이들 30명과 어찌 다 같이 잘 지낼 수 있는가? 그건 무리다.

왕따, 여기서 끝날 것 같지?

그렇다고 내 이야기를 오해해서는 안 된다. 친구라고 다 같이 친하게 지내지 않아도 된다는 말이, 내가 싫어하는 친구를 괴롭혀도 된다는 뜻은 절대, 절대, 절대 아니다. 마음에 들지 않는다고 뒤에서 험담하거나, 툭툭 치고 가고, 놀리고…… 장난삼아 괴롭히는 아이들이 있다(그런데 잘 들어둬. 이건 너한테만 장난일 뿐이라고!). 그건 명백한 '괴롭힘'이다. 내가 마음에 들어 하지 않는 친구와 사이좋게 놀지 않을 권리는 있지만, 그 아이를 괴롭힐 권리는 절대 없다. 입장 바꿔 내가 당했을 때 기분 나쁘면, 상대도 기분 나쁘다.

신체적으로 가하는 것만이 폭력이 아니다. 남학생은 물리적인 폭력을 행사하지만 여학생들은 싫어한다고 때리진 않는다. 여학생들은 한 사람을 소외시키고 뒷말을 하는 식으로 정신적으로 괴롭힌다. 정말 치사하다. 신체적인 폭력과 정신적인 폭력 중 어느 것이 더 나쁘다고 우열을 가릴 수 없다. 둘 다 나쁜 건 매한가지니까.

십대들에게도 자신들이 지닌 책임이 있다. 대부분의 가해 학생들은 피해자가 문제를 삼으면 어른 등 뒤로 쏙 숨어버린다. 선생님이나 부모님이 해결해줄 거라 생각해 "나는 어려서 잘 몰랐어요" 하고 〈슈렉〉에 나온 장화 신은 고양이 눈을 한다. 그러면 어른들이 나서서 해결해줄 때가 많다. 자신이 저지른 일의 책임을 어른들에게 전가해버리다니, 정말 영악하다(이외에도 십대는 처벌받지 않는 것을 알기에 범죄에 가까운 행동을 하는 무책임한 아이들이 종종 있다. 물리적인 책임은 어른들이 대신해주었을지 모르지만, 정신적인 책임은 스스로 져야 한다. 십대들도 자신의 행동은 스스로 책임 좀 지고 살기를!).

제발 피해자가 도망치거나 삶을 포기하는 일이 더는 생기지 않았으면 좋겠다. 잘못을 한 건 명,백,히 가해자다. 도망쳐야 할 사람은 피해자가 아니라 가해자다.

명심해야 할 것은 '왕따' 역시 하나의 문화라는 사실이다(문화라고 다 좋은 것만 있는 건 아니다. 왕따 같은 문화는 정말, 싫다). 지금은 내가 피해자가 아닌 가해자 또는 방관자 입장이라 불편함을 느끼지 못하여 왕따 문화를 용인한다면, 너희 세대는 그 문화를 용인한 셈이 되어버려 훗날 내가 피해자가 되어도 할 말이 없다. 그러니 내가 존중받고 싶다면 먼저 타인을 존중해야 한다.

친구 관계는 십 대 때만 고민하는 문제가 아니다. 모든 인간관계 중 가장 기본이기에 어른이 되어서도 친구(동료) 문제로 고민하는 사람이 많다. 그나마 어른이 되면 학교처럼 닫힌 공간에서 생활하지 않고, 사람이 조금 더 성숙해지기 때문인지 십 대 때만큼 어려워하거나 힘들어하지 않는다. 나이가 들어갈수록 인간관계가 다양해지면서 친구의 비중이 점차 줄어든다. 친구에 대해 가장 많이 고민하는 시기는 십 대 때 같다. 친구 문제로 고민하고 있다면 그 상황이 계속되지 않을 거라는 걸 알았으면 좋겠다.

우정은 어떻게 유지되는가?

친구는 사람이 태어나서 가족 이외에 처음으로 맺는 인간관계다. 아주 어렸을 때는 친구에 대한 감정이 크지 않다. 만나서 놀면 좋고, 헤어지면 잠시 아쉬울 뿐이다(실제로 다섯 살 이전 아이들을 관찰하면 친구 관계에 집착하지 않는다는 연구 결과가 있다).

초등학교에 입학한 후 점차 긴밀한 친구 관계가 형성된다. 단짝 친구의 개념이 생기고 무리도 생긴다. 친구를 사귀는 방식은 사람마다 다르다. 어떤 아이들은 무리 중의 우두머리가 되어 여러 명의 아이들을 이끈다. 많은 아이들이 그 아이와 친해지고 싶어 하며 그 아이를 좋아한다. 또 어떤 아이는 무리에 끼는 것보다 단짝 친구와 단둘이 노는 것을 좋아한다. 친구 없이도 잘 지내는 아이가 있는 반면, 또 어떤 아이는 친구에게 많이 의지하여 친구가 하는 행동을 똑같이 따라 하고, 친구가 해야지만 자기도 한다.

난 인간관계도 패턴이 있다고 생각한다. 대부분의 사람이 친구에 접근하는 방식, 친구를 대하는 태도에 일정한 '패턴'을 가지고 있다. 지인 중에 놀랄 정도로 만난 지 얼마 안 되어 금방 단짝이 되고, 또 기분 나쁜 일이 있으면 금방 그 단짝과 멀어지는 사람이 있다. 옆에서 지켜보니 그 사람의 친구 사귀기 패턴이었다. 패턴은 십대 시절부터 만들어진다. 학창 시절에 친구를 사귀던 패턴(또는 습관)은 사회에 나가서도 그대로 유지된다.

어른들이 그나마 십대들보다 친구 때문에 덜 고민하는 것은 패턴을 만드는 과정에서 이미 여러 차례 시행착오를 겪어서가 아닐까? 나도 십대 시절 친구들을 사귀면서 얻은 몇 가지 깨달음이 있다.

우정에 대한 착각 1. 친구는 영원하다

나는 첫 단짝을 초등학교 4학년 때 사귀었다. 그 전에는 단짝이란 개념이 없었다. 단짝과 모든 것을 공유했고, 유달리 그 친구와 가깝게 지냈다. 그 당시 소울메이트라는 말은 없었지만 아마 그 단어가 있었다면 우리는 분명 서로를 소울메이트라고 말했을 것이다. 나는 그 친구가 너무 좋았고, 우리는 자주 이 우정을 변치 말자고 다짐했다.

하지만 학년이 바뀌면서 우린 다른 반이 되었고, 그 친구는 다른 학교로 전학까지 가버렸다. 우리는 편지를 꽤 많이 주고받았다(당시에는 이메일이라는 게 없어 손편지를 주로 썼다). 하지만 점차 함께하는 시간이 줄어들수록 그 친구와는 자연스레 멀어졌다. 친구는 새로운 학교에 적응하며 새 친구를 사귀었고, 나도 그랬다. 그 당시에는 그런 사실이 받아들이기 힘들 정도로 마음이 아팠다. 만약 친구가 전학을 가지 않았다면 우리는 계속 친하게 지낼 수 있을 텐데, 하고 아쉬워했다.

하지만 나는 몇 번의 이런 과정을 더 거쳤다. 영원할 거라던 믿음은 착각이었다. 친구는 상황에 따라, 사정에 따라 바뀌었다. 서로 다른 학교에 진학한 탓에 사이가 멀어질 수도 있고, 특정 사건을 겪으며 사이가 나빠질 수도 있다. 소설 『반짝 반짝 추억 전당포』 속 구절 중에 이런 말이 나온다.

"친구는 결의가 아니라 결과다."

친한 친구라고 선언해버렸기에(여자아이들은 단짝 선언을 꽤 많이 한다) 잘 맞지 않는데도 억지로 친하게 지내면서 문제를 겪는다.

나도 안 좋은 일이 있었는데도 친한 친구였으니까, 어떻게든 계속 사이좋게 지내야 한다는 강박관념에 상처받고 피곤해진 일이 여러 번이다. 잘 맞지 않으면 더 이상 친하게 지내지 않는 편이 오히려 서로에게 좋을 수도 있다.

단짝이었던 친구가 변했다고, 그런 친구를 잃었다고 내게 문제가 있는 것은 아니다. 어렸을 적에는 이걸 몰랐기에 상처를 받았지만, 그 사실을 깨닫게 되니 친구 일로 상처받는 일이 줄었다.

우정에 대한 착각 2. 친구는 많을수록 좋다

친구가 많지 않다며 스트레스를 받는 아이들이 있다. 부모님도 친구가 많은 아이들과 비교하며 "왜 너는 친구가 없니?"라고 묻는다. 그 말을 듣게 되면 아이들은 고민한다. 내 성격에 문제가 있는 건가? 왜 난 친구가 별로 없지? 왜 난 친구들에게 인기가 없지? 라며 걱정한다.

나도 어렸을 적에 친구가 많은 편이 아니라 친구를 잘 사귀는 아이들이 부러웠다. 난 두루두루 잘 지내는 편이 아니고, 주로 좋아하는 친구 한두 명과 노는 스타일이다(앞에서 사람마다 친구 사귀기 패턴이 있다고 이야기했는데, 바로 내 친구 사귀기 패턴이 '내가 좋아하는 소수와 놀기'다). 반대로 우리 언니는 친구가 엄청 많다(어른이 된 지금도 그렇다. 역시 패턴이다). 어릴 때는 내 성격에 문제가 있나 싶었다. 하지만 시간이 지나고 보니 친구가 많고 적음은 성격의 문제가 아닌 '성향'의 차이일 뿐이다. 나는 혼자 노는 걸 좋아하고 잘한다. 그래서 친구들과 자주 만나지 않아도 별로 심심하거나 외롭지 않다. 내 친구는 손에 꼽을 정도로 많지 않다(2년 전만 해도 이 말을 하는 게 창피했을 것 같은데, 지금은 전혀 부끄럽지 않다. 친구가 적은 건 '성향'의 문제니까). 주로 나는 이 손에 꼽는 사람들과 만나고 연락하며 지낸다.

친구 사귀는 것도 자기 편한 대로 하면 된다. 친구가 많아야 좋은 사람이라면 친구를 많이 사귀면 된다. 하지만 그걸 감당 못하는 사람이라면 굳이 친구가 많지 않아도 된다. 자신과 잘 맞는 친구 한두 명만 있어도 괜찮다.

우정에 대한 착각 3.
진짜 친구라면 조건이 없어야 한다

친구에게 상처받는 일이 종종 생긴다. '얘는 내 친구라면서 왜 이런 행동을 하지?' 싶을 때가 있다. 친구의 말 한마디로 기분이 나빠지면서 '진짜 내 친구가 맞을까?' 싶기도 하고, 내가 친구에게 마음을 쏟는 만큼 친구는 그러지 않는 것 같아 기분이 상하기도 한다.

또한 친구라면 서로 조건을 달지 않아야 한다고 생각한다. 더구나 십대 시절에는 무엇보다 친구 관계를 가장 중요하게 여기기에, 친구가 제의하는 것을 거절하지 못할 때가 있다. "너, 나랑 친구라면서 이것도 못해?"라는 말 한마디면 끝이다. 친구 따라 강남 간다는 말이 괜히 나온 게 아니다.

하지만 친구의 이름으로 상대가 하기 싫은 일을 강요하는 건 옳지 않다. 친구가 하자는 걸 함께하지 않는다고 내가 잘못하는 게 아니다. 이 세상에 조건 없는 관계는 없다. 심지어 부모-자녀 관계도 보이지 않는 조건으로 묶여 있다. 세상 그 어디에도 무조건이란 것은 없다. 그러니 친구가 시키거나 하자는 일을 다 할 필요는 없다. 그런다고 우정에 금이 가는 거라면, 그 친구랑 가까이하지 않는 게 낫다. 나를 힘들게 하는 친구라면 더 이상 '친구'라고 할 수 없다.

친구 관계가 영원하지 않더라도, 또 친구가 많지 않아도 괜찮다. 그래도 나와 잘 맞는 한두 명의 친구가 있으면 좋다. 친구는 상하관계나 이해관계가 아니다. 친구라고 해서 꼭 동갑만 가능한 것은 아니다. 내가 친구로 생각하는 사람 중에 스무 살이 많은 동료 작가도 있다. 나의 고민을 털어놓고 삶을 공유할 수 있는 사람이라면 친구라고 할 수 있다.

내가 힘들고 어려울 때 내 이야기를 들어주고 나를 위로해줄 수 있는 사람이 바로 친구다. 나를 편하게 해줄, 내가 편하게 만들어주고 싶은 친구 한 명쯤은 반드시 있다. 그러니 친구 문제로 많이 힘들어하지 말고, 내가 좋아하고 나를 좋아해주는 친구를 사귀자.

연애, 하면 안 되는 건가요?

만약 십대로 돌아간다면 무얼 제일 하고 싶으냐는 질문을 받을 때가 있다. 그때 나는 아주 비장한 얼굴로 "연애!"라고 대답한다. 안타깝게도 나는 십대 때 연애를 하지 못했다. 여중, 여고를 나온 건 평계가 안 된다. 여학교를 나온 내 친구들은 남자친구가 있었으니까.

내가 십대들에게 연애하라는 말을 하면 선생님들과 학부모님들이 무척 싫어한다. 강연이 끝나고 나를 따로 불러 "애들한테 그런 말씀 하지 마세요"라고 혼난 일이 여러 번이고, 라디오에 출연해 말했더니 게시판에 "함부로 그런 이야기 하지 말라"는 항의 글이 올라왔다. 그래도 난 꿋꿋이 말한다. 진심으로 십대 때 가장 후회되는 게 연애를 못한 거니까.

물론 어른들이 십대의 연애를 걱정하는 지점이 어디인지 알고 있다. 단순히 성적이 떨어지는 게 걱정돼서가 아니라(진짜 이것 때문에 반대하는 거라면 같은 어른으로서 실망이다) 영화 〈주노〉(십대 여학생이 임신해서 출산을 결심한 후 아이를 입양 보낼 부모를 고르는 내용이다. 꽤 재밌고 생각할 게 많은 영화라 추천하고 싶다)에 나올 법한 상황이 펼쳐지게 될까 봐 걱정돼서가 아닐까? 나도 그건 심히 걱정되니까.

스무 살을 기점으로 부모님들의 자녀의 연애에 대한 시각은 180도 변한다. 십대 때는 연애를 하면 부모님들이 큰일 날 것처럼 반응하지만, 스무 살이 넘어서 연애를 하지 않으면(연령이 점점 더 높아갈수록) 더 걱정한다.

나는 '연애력(戀愛力)'이라는 게 있다고 믿는 사람이다. 얼굴이 엄청 잘생기고 예쁜 사람이 연애를 잘하는 게 아니라 연애를 많이 해본 사람이 잘한다고 생각한다. 왜냐하면 연애는 인간관계 중 하나이기 때문이다. 모든 인간관계는 연습이 필요하다.

친구를 사귈 때, 선생님을 대할 때, 직장 동료와 지낼 때 누구나 처음에는 능숙하지 않다. 시간을 갖고 지내봐야 어떻게 하면 상대와 잘 지낼 수 있는지를 시행착오를 거치면서 깨닫게 된다. 연애 역시 마찬가지다. 연애를 제대로 못 해본 사람은 연애를 하거나 나중에 결혼을 한 후에도 이성 간의 관계를 잘 인지하지 못해 어려움을 겪을 수 있다(나만의 지극히 주관적이고 개인적인 통계이긴 한데, 내 주변 사람들 중 대학을 졸업할 때까지 연애를 해보지 못한 사람은 서른이 넘어서 솔로로 지내는 이가 많다).

연애의 장점

이성 친구는 동성 친구와는 다르다. 동성 친구는 한꺼번에 여러 명을 사귈 수 있지만, 이성 친구는 그렇지 못하다(여기에서 말하는 이성 친구는 남자 사람 친구, 여자 사람 친구가 아닌 사귀는 사이다). 연애를 하게 되면 일대일의 긴밀한 관계를 맺는다. 연애란 자기 자신을 가장 잘 들여다볼 수 있는 '거울'이라는 말이 있다. 일대일의 관계 속에서 스스로가 알지 못했던 자신의 모습을 찾을 수 있다. 내가 어떤 걸 좋아하고 싫어하는지, 새로운 상황에 처했을 때 어떤 행동을 하는지를 알게 된다.

또한 화성에서 온 남자, 금성에서 온 여자라는 말이 있듯이 남자와 여자는 정말 다르다. 연애를 하다 보면 왜 이성이 다른지를 알게 된다. 그렇기에 나는 되도록 연애를 할 수 있으면 해보라고 말한다. 일대일의 이성 친구뿐만 아니라 남자 사람 친구, 여자 사람 친구를 사귀면서도 이성이 어떻게 다른지 알 수 있으니, 여자 사람 친구, 남자 사람 친구 사귀는 것도 적극 추천한다. 전국의 여학교, 남학교가 다 사라졌으면 좋겠다. 평생 남자, 여자 따로 살 거 아니니, 모든 학교가 남녀 공학이 되어 남녀 간에 서로 적응과 학습을 미리 하는 것이 좋지 않을까?

잘 만나고 잘 헤어지자

제대로 연애하는 걸 가르쳐줘야지 무조건 하지 말라고 막는 것은 좋은 방법이 아니다. 차라리 연애 잘하는 법을 알려주는 게 더 좋지 않을까?

잘 시작하는 것만큼 중요한 게 잘 헤어지는 것이다. 대부분의 연애는 시작과 끝이 있다. 친구 관계에서는 사이가 점점 멀어지기는 해도 확실한 끝은 없다. 하지만 연애는 결혼으로 마무리되지 않는 이상 '헤어짐'의 단계를 거친다. 물론 사귀는 도중에는 '우린 영원할 거야'라는 마음을 갖겠지만, 그렇지 않은 경우가 99퍼센트이므로 연애하는 도중에 헤어지고 나서 후회할 행동은 하지 않는 게 좋다.

헤어짐에도 예의가 필요하다. 주로 학교나 학원에서 만나 연애를 하기 때문에 서로의 친구들과 알고 지낸다. 제일 예의 없는 행동은 헤어지고 난 후 자신의 친구들에게 상대와 있었던 일을 이야기하거나 상대를 험담하는 일이다. 이건 제일 지질한 행동이다. 내가 들었던 십대 연애담 중에 최악의 사건이 있다.

A라는 여학생과 B라는 남학생이 중학생 때부터 연애를 했다. 둘은 같은 고등학교에 진학하게 되었는데, 입학 직전 둘이 헤어졌다. B는 친구들에게 A와 있었던 일을 이야기했고, B의 친구들(A와 같은 고등학교 입학 예정)은 A가 지나갈 때마다 A에게 대놓고 말하면서 놀렸다. 둘만의 은밀한 일들까지 모두. 심지어 B의 친구들이 A를 카톡 방에 불러다가 계속 장난을 쳤다. A가 방을 나가버리면 또다시 초대하고, 나가면 또다시 초대하고. 그러다가 결국 A는 고등학교 입학을 하루 앞두고 17층 아파트에서 뛰어내렸다. 고등학교 입학 후에도 계속 그런 일이 반복될까 봐 두려워서다.

한때 내게 소중했던 사람이라면, 지금은 아니더라도 나의 과거를 함께 공유했던 사람이다. **상대에 대한 예의를 지키는 건 곧 나의 과거에 대한 예의를 지키는 일이기도 하다.**

지금 너무 연애를 하고 싶은데 못한다고 걱정할 필요는 없다. 십대 아이들이 "저 모솔이에요"라고 말하는 걸 보면 너무 웃기고 귀엽기만 하다. 이제 겨우 십대인데 모태솔로라는 말을 하다니.

그건 적어도 서른다섯 살 이상의 사람들이 해야 하는 말이다!

이 글을 읽고 '아, 연애는 무조건 많이 해야겠군!'이라고 생각해서 연애를 위한 연애를 하는 것은 곤란하다. 연애를 못하고 있다고 해서 초조해하거나 성급한 마음을 가질 필요는 전혀 없다. 오히려 연애를 필수조건이라고 생각해서 마음에도 없는 사람과 사귀어 좋지 않게 끝나는 경우도 많으니, 연애 상대를 고르는 데 신중해야 한다. 연애를 해야 하기 때문에 상대를 찾는 게 아니라, 내가 좋아하는 사람이 있으니까 그 사람과 만나보고 싶은 게 되어야 한다.

우선은 괜찮은 남자 사람 친구, 여자 사람 친구를 만들어보자 (내가 쓴 책 중에 『레츠 러브』가 있다. 중학교 2학년짜리 남학생 셋이 내기를 한다. 제일 먼저 여자 친구를 사귀는 사람한테 나이키 운동화를 사준다는. 연애가 궁금한 친구들에게 추천하고 싶다).

연애를 못해서 억울해하지 말고, 할 기회가 생기면 해보고, 되도록 '잘' 만나고 '잘' 헤어져라. 그게 바로 나의 연애력이 될 것이다.

부모님이 내 꿈을 반대한다면?

　자신이 하고 싶은 일을 부모님이 반대한다며 이럴 땐 어떻게 해야 하는지 물어보는 아이들이 제법 많다. 그래서 네가 하고 싶은 일이 무어냐고 물어보면 대부분 글을 쓰거나, 그림을 그리거나, 음악을 하는 일로 예체능 계열 쪽이다. 예체능 계열에 대한 인식은 별로(실은 아주 많이) 좋지 않다. 내게 작가는 돈을 못 버는데 어떻게 먹고 사냐고 직접적으로 묻는 아이들도 있고, 간접적으로 날 걱정하는 아이도 만나봤다.

　한번은 어느 중학교에 갔는데, 귀엽게 생긴 중 1 여학생이 나에게 오더니 내 팔을 툭툭 쳤다. 그러면서 귓속말로 "선생님, 그러면 옷 같은 건 어떻게 사 입으세요?"라고 물었다. 진심으로 나를 걱정하는 듯한 말투와 눈빛이었다. 난 그 아이에게 다 사 입을 수 있다며 걱정하지 말라고 했다. 나는 매일 출근하는 직업이 아니라 다른 또래 여성에 비해 옷이 많이 필요하지 않긴 하다(그런데 곤란한 일이 한 번 있었다. 난 꾸미는 걸 별로 좋아하지 않아 옷을 잘 안 사 입고, 매번 다른 학교에 강연을 가는 거라 유니폼처럼 한두 벌의 옷으로 갈아입는다. 어떤 학생이 미리 인터넷으로 날 검색했나 보다. 내가 다른 학교 강연 갔을 때 사진을 찾아봤는지 "왜 오늘도 똑같은 옷을 입고 왔어요?"라고 물었다. 그땐 당황해서 "우연이야"라고 말했지만, 이제 와 고백하자면 난 그 옷을 그 계절 내내 입었다).

어쨌든 아이들이 작가가 돈을 많이 벌지 못한다고 생각하는 이유는 아마 어른들이 그렇게 말해서일 것이다.

내가 만나본 어른 중에 많은 이들이 "작가는 자신이 하고 싶은 일 하면서 사니까 좋겠어요"라고 말하지만, 만약 자기 자녀가 작가가 된다고 하면 당장 뜯어말릴 사람이 더 많을 것이다. 작가는 직장에 다니는 게 아니기에 일정한 수입이 없을 테고 안정적인 직업이 절대 아니니까(그런데 재밌는 건 작가들은 자기 자녀가 작가가 된다고 하면 안 말리고 오히려 좋아한다. 나도 내 아이가 작가가 된다고 하면 해보라고 할 거다. 이걸 보면 작가라는 직업이 나쁜 직업이 아닌 것 같은데, 뭐 이건 작가들만의 생각일 수도).

우리 부모님도 다르지 않았다

우리 부모님 역시 내가 작가가 되는 걸 반대하셨다. 공모전에서 계속 떨어지고, 설사 작가가 된다고 하더라도 경제적으로 안정적인 직업이 아닐 테니.

대학 원서를 낼 때도 그 당시 나는 작가가 되려면 무조건 국문과를 나와야 하는 줄 알고 국문과에 간다고 했지만, 부모님은 '국문과=굶는 과'라며 못 가게 하셨다. 글이야 나중에 취업을 한 후에도 충분히 쓸 수 있다며, 취업이 잘되는 경영학과에 가라고 했다. 하지만 나는 무슨 일이 있어도 국문과에 가고 싶었다.

대학 원서를 내는 시기에 부모님과 갈등이 심했고, 지금 생각해보면 참 어리석은 일이지만, 내 결심을 보여주겠다는 마음 반, 화를 참지 못하는 마음 반으로 집에 있는 약이란 약을 모조리 먹었다. 알약 50알이 훌쩍 넘었다. 약을 먹은 후 밤새 배가 아파 토했고(이때도 부모님은 눈 하나 깜짝 안 하셨다. 꼴좋다는 식으로 팔짱을 끼고 나를 내려다보던 엄마의 모습이 아직까지 생생하게 기억난다), 다음 날 아침 병원에 갔고 며칠을 시름시름 지냈다. 이 방법은 절대 추천하고 싶지 않다. 결정적으로 효과를 보지 못했고, 그때의 후유증 때문인지 위가 약해져서 아직까지 위 건강이 좋지 않다. 스트레스를 받으면 역류성 식도염이 바로 생긴다.

난 결국 국문과 원서를 썼는데, 그건 나의 시위 때문이 아니라 부모님이 '현실과 타협'했기 때문이다. 경영학과에 비해 국문과 지원 점수가 낮았기에, 내가 대학에 떨어지면 안 되니까 국문과 원서를 쓰게 해주셨다.

이것이 부모님과 빚은 1차 갈등이었다. 대학교 2학년 때 또다시 2차 갈등이 생겼다. 국문과에서는 일부 학생들에게 선생님이 될 수 있는 교직이수 자격증을 주는데, 나는 선생님이 되고 싶은 마음도 없을뿐더러 교직 이수를 하게 되면 들어야 할 수업이 따로 있어 교직이수를 하지 않겠다고 했다. 부모님은 제발 교직이수만큼은 하라며 나를 들들 볶았다. 하지만 난 끝내 교직이수를 신청하지 않았고, 신청기한은 그렇게 끝나버렸다.

대학의 장점이라면 장점인 것이 중·고등학교처럼 부모님이 전화해서 관여하기 어려운 시스템이라는 것이다. 중·고등학교만 하더라도 자율학습 여부나 문과, 이과 반 변경을 부모님이 담임선생님에게 직접 전화를 걸어 요청하면 된다. 그러나 대학은 담임선생님이란 것도 없고, 오로지 학생이 직접 담당 부서에 찾아가 서류를 내야만 가능하다(후훗).

훗날 대학원을 수료하고 난 후에도 작가가 되지 못했던 시기에 가끔 '아, 부모님 말 들을걸'이란 생각을 하기도 했다. 하지만 이건 가끔이었다. 만약 내가 부모님 말을 듣고 국문과에 가지 못한 채 회사 취업을 하고, 작가가 되는 일을 시도조차 못했다면 '자주' 부모님을 원망했을 것이다.

부모님의 반대는 예선일 뿐

동료 작가들과 이야길 하다 보니 다들 나와 비슷한 경험들이 있었다. 작가가 되겠다고 말했을 때 "그래, 아주 좋은 생각이다!" 하고 선뜻 찬성한 부모님은 거의 없었다. 대부분 우리 부모님처럼 손사래를 쳐가며 말렸다. 그런데 작가들은 막상 작가가 되어보니 부모의 반대는 그리 큰 문제가 아니었다고 말했다.

십대 때는 지금 당장 자신이 하고 싶은 일을 해야 할 것만 같고, 어릴 때부터 시작하지 않으면 못한다고 생각하지만, 실은 그 일을 직업으로 삼을 수 있을지 없을지는 스무 살이 훌쩍 지나야 결정된다. 오히려 부모의 간섭 없이 선택할 수 있을 때 더 고민스럽다. 진짜 내가 이 일을 잘할 수 있을지 잘 모르기 때문이다. 나 역시 부모 몰래 글을 썼던 십대 때보다 마음껏 글을 쓸 시간을 얻은 이십대가 더 어려웠다. 이십대부터는 그 일을 할 만한 능력이 있는지 없는지 스스로 묻는 시기다. 그러니까 부모의 반대에 관해서는 너무 조급하게 생각하지 않는 게 좋을 듯싶다.

지나 보니 부모의 반대는 1차 관문, 예선이었다. 부모가 반대하더라도, 그래서 부모님의 경제적 지원이 끊기더라도 '그럼에도 불구하고' 이 일을 하고 싶은지를 가볍게 묻는 것이다. 2차 본선은 그다음에 치러진다. 이 일을 계속할 수 있을지 없을지는 내가 직접 부딪쳐보고 해봐야만 알 수 있다. 1차 예선조차 통과하지 못한 사람은 2차의 기회를 절대 얻을 수 없다.

작가가 되고 난 후에 나는 부모님께 물었다. 왜 내가 작가 된다고 했을 때 그렇게 반대했느냐고. 그러면 우리 부모님께서는 딱 한 말씀 하신다.

"나 그런 적 없다. 난 너 작가 될 줄 알았어."

아, 역시 부모는 1차 예선이었을 뿐이다.

왜 공부를 해야 하죠?

성적과 관련하여 스트레스 받는 아이들이 많다. 공부를 잘하건 못하건 간에 시험을 신경 쓰지 않는 아이들은 없다. 공부를 잘하는 아이는 성적이 떨어질까 봐 걱정하고, 못하는 아이는 성적이 오르지 않아 걱정이다. 학교에서 학생을 평가하는 제1의 기준은 성적이고, 성적은 학교 졸업 후에도 계속 영향을 미친다.

"1등이 있으면 꼴찌가 있기 마련인데, 왜 다들 1등만 하라는 거죠?"

왜 사람을 성적으로만 평가하느냐고, 공부가 인생의 전부냐며 아이들은 공부를 강요하는 학교와 부모, 그리고 사회에 불만이 많다.

시험 성적은 상대평가이기에 등수가 매겨질 수밖에 없다. 꿀벌이론에 따르면 어느 꿀벌 집단이든 상위 20퍼센트는 정해져 있다. 그래서 상위 20퍼센트만 모아놓으면 거기에도 또 상위 20퍼센트가 생긴다. 중학교 때 날고 긴다는 아이들이 간다는 특목고를 보자. 그곳에서도 1등부터 꼴찌가 생긴다. 중학교 때 전교 1~2등만 하던 아이들도 잘하는 아이들끼리 모이는 곳에 가면 꼴찌가 될 수도 있다. 상대평가를 하는 이상 다 같이 1등을 할 수는 없다. 그런데도 다들 1등만 하라는 건 너무나 말이 안 된다.

나도 학창 시절에는 성적에 의한 줄 세우기가 너무 싫었다. 사람을 평가하는 다양한 기준이 있을 텐데 오직 성적으로만 평가하는 건 불공평하다고 여겼다. 이건 지금도 같은 생각이다.

"그럼 공부 안 해도 되는 거죠?"라고 묻는 아이들이 있다. 난 그건 아니라고 대답한다.

공부를 왜 해야 하느냐는 질문에 내 나름대로의 답을 찾았다. 학창 시절에는 이해하지 못했지만, 어른이 되어 사회생활을 하면서 비로소 이해하게 된 것들이 있다. '왜 공부를 해야 하는가?'가 그중 하나다.

사회에서 공부 잘하는 사람을 선호하는 이유는 그 사람이 '성실하다'라는 전제 때문이다. 사회생활에서 필요한 덕목 중에 하나가 성실함인데, 겪어보지 않은 상태에서 당장 그 덕목을 알 수 있는 기준점이 없기에 성적표에 의존하는 것이다.

십대 때까지만 하더라도 난 성실하다는 게 무척 재미없고 고루한 사람 같아 보이기만 했다(범생이라는 말이 치욕적으로 들리기까지 했다). 노력하지 않아도 잘하는 천재가 아무래도 더 멋져 보였으니까.

하지만 성실하다는 것이야말로 어른이 된 지금 내가 가장 탐나는 덕목이다. 천재는 픽션에서나 존재한다는 걸 깨달았으니까. 설사 천재더라도 그 사람이 실행하고 노력하지 않으면 아무 짝에도 쓸모가 없다. 천재가 빛나는 건 드라마나 영화 속에서다. 아아, 우리는 드라마나 영화를 너무 많이 보고 자랐다.

주변에 공부 잘하는 아이들을 살펴봐라. 그 아이들은 머리가 지나치게 좋아서 한 번 쓱 훑어보면 다 외우는 게 아니라 꾸준히, 차근차근 공부를 한다. 공부를 잘하는 아이들이라고 공부가 재미있어서 하는 건 아닐 것이다. 대학생만 하더라도 전공 공부에 흥미가 있어 재미를 느낄 수 있겠지만, 실상 중·고등학교 때 공부가 재밌다는 아이는 거짓말이거나 4차원임이 분명하다. 성실한 아이들은 자신이 맡은 바가 공부라서 하는 것이다. 주어진 일을 해내는 게 바로 성실한 거니까. 그리고 이는 습관이라서 십대 때 성실했던 사람이 어른이 되어서도 성실하게 살아간다. 간혹 중·고등학교 시절 머리가 너무 비상해서 공부는 별로 안 하는데 시험을 잘 보는 아이들이 있다. 그런 아이들은 성실함으로 얻은 결과가 아니었기에 나중에 졸업하고 살아가는 걸 보면 별로 잘 살고 있지 않다. 오히려 성적이 좋지 않아도 성실하게 공부하던 아이들이 차근차근 자기 일을 스스로 찾아서 잘 살고 있다.

만약 네가 회사 인사 담당자라면 어떤 사람을 뽑을 것인가? 성실한 사람과 그렇지 않은 사람 중에 말이다. 아주 간혹 성적이 좋은데 성실하지 않은 사람들이 있을 수 있다. 하지만 그런 경우는 10퍼센트도 채 되지 않는다. 사회에서 공부 잘하는 사람을 선호하는 것은 그 사람이 성실할 확률이 높아서다. 그 이상, 그 이하도 아니다.

"나도 공부를 안 해서 그렇지 성실하다고요"라고 이야기할지 모른다. 그런데 그걸 증명하는 건 쉽지 않다. 만약 다른 것으로 증명이 가능하다면, 성실 말고 다른 덕목을 내세울 수 있다면 공부 좀 안 해도 괜찮다. 공부는 여러 가지 기준 중에 하나일 뿐이니까.

간혹 작가가 되고 싶다며 작가가 되려면 어떻게 해야 하느냐고, 작가의 자질이 무엇이냐고 묻는 아이들이 있다. 그때 나는 딱 한마디 한다. "작가는 자율학습을 잘해야 해"라고. 작가는 직장인처럼 정해진 시간에, 정해진 공간에서 일을 하지 않는다. 일

거리를 주는 사람도 없고, 언제까지 일을 하라고 닦달하는 사람도 없다. 스스로 시간을 정해놓고 일을 해야 한다. 나는 학창 시절에 자율학습을 잘해서 그런지 프리랜서 생활이 편하다. 혼자 알아서 정해진 시간에 정해진 양만큼의 일을 하는 게 습관이 되어 있어서 일이 늦춰질 때가 거의 없다.

예전에 텔레비전 토크쇼에 내가 너무 좋아하는 개그우먼 박지선이 나왔다. 동료들에게 박지선의 장점이 뭐냐고 물으니 "공부 잘하는 거요"라고 대답했다. 그녀의 학벌을 두고 말하는 게 아니었다. 다른 개그맨들이 회의실에 모여 쉬기도 하고 먹기도 하면서 하루 종일 아이디어를 짜내는 것과 달리, 박지선은 딱 정해진 시간만큼만 아이디어 회의를 하고 집에 먼저 간다는 거였다. 동료들은 역시 공부 잘하는 애가 다르긴 다르다고 했다. 아마 박지선도 자율학습을 잘했을 게 분명하다.

1등을 하기 위해 공부하는 게 아니다. 자신이 맡은 일을 미루지 않고 효율적으로 하는 걸 배우기 위해, 체득하기 위해 공부하는 거다. 사회가 요구하는 건 잘난 1등이 아닌 성실한 사람이다.

가고 싶은 대학, 학과가 없어요

십대들에게 왜 공부하냐고 물어보면 으레 돌아오는 대답은 "대학 가려고요"다. 우리나라 대학 진학률은 70퍼센트가 넘어 OECD 국가 중 1위라고 한다. 다들 대학에 가니까 가긴 하지만 학과 선택을 하지 못해 고민하는 아이들이 많다.

우리나라 대학 진학률이 지나치게 높은 걸 문제 삼기도 하지만, 여기에서 그 이야기를 하진 않겠다. 무엇보다 내 역량이 원론적인 이야기를 하기에는 못 미치기도 하니까. 그리고 지금은 대학에 갈까, 안 갈까를 고민하는 아이들이 아닌, 이왕 대학에 가기로 결심한 아이들에게 약간의 조언을 해주고 싶다.

대학 학과 선택을 할 때 가장 많이 하는 고민은 두 가지로 나뉜다.

첫 번째는 아직 자신이 뚜렷하게 하고 싶은 일이 뭔지 몰라 "가고 싶은 과가 없다"는 아이들의 고민이고, 두 번째는 되고 싶은 장래희망이 뚜렷하여 "자신의 꿈을 이루기 위해서는 꼭 특정 학과에 가야 하느냐" 하는 것이 아이들의 고민이다.

어느 과를 선택해야 할지 모른다면

전자를 두고 고민하는 아이들에게는 수십 개의 학과 중 '그나마' 흥미가 있는 쪽을 택하라고 이야기해준다. 아무 대학 홈페이지에 접속해봐라. 거기에는 크게 학부가 나눠져 있고, 그 안에 전공이 세세하게 들어 있는데 제법 설명이 잘 되어 있다.

학과의 수업 목표라든가 학교를 다니면서 배울 수 있는 과목, 나아가 졸업생 진로 현황 정도는 기본적으로 알 수 있다. 그걸 찬찬히 읽다 보면 그나마 흥미 있는 곳이 있을 것이다. 가장 좋은 방법은 절대 가기 싫은 과부터 X표를 쳐나가며 추려내는 것이다. 막상 대학입시 때가 되면 점수 맞춰서 학과를 선택하는 사람들이 있는데, 이럴 경우 정말로 자신이 제일 싫어하는 공부를 하게 될 수도 있다. 지인 중에 수학을 정말 싫어하는데 점수에 맞춰 응시하다 보니 수학과에 간 사람이 있다. 그 사람의 대학생활은 어땠을까? 말하지 않아도 알 것이다.

취업이 잘 되는 과를 선호하다 보니 요즘은 공대가 인기가 많고 인문대는 인기가 별로 없다. 이건 오래전부터 계속되던 것이 아닌 최근의 현상이다. 내가 대학에 입학할 때만 하더라도 그렇지 않았다. 5년 뒤엔 또 그 추세가 어떻게 바뀔지 모르겠다. 무작정 취업이 잘 된다고 공대에 가는 건 별로 추천할 만하지 않다. 공대 수업 커리큘럼을 살펴보고 이 정도면 나도 따라갈 수 있겠다 싶으면 가도 되지만, 수학과 공학 수업은 정말 싫다며 몸서리를 치는 학생이라면 가지 않는 게 좋다. 고등학교 때보다 더 재미없는 수업을 내내, 그것도 심화시켜 배워야 하는 끔찍한 상황이 될 테니까. 막상 대학에 들어왔는데 학과 수업을 따라가지 못해서 고생하는 사람도 꽤 많이 봤다. 듣기 싫은 수업을 억지로 듣게 되면 중·고등학교 수업만큼 대학 수업도 재미없다.

꼭 특정 학과에 가야 하는가

자신의 진로를 위해서 꼭 특정 학과에 가야 하느냐고 묻는 아이들에게는 그건 아니라고 말해준다.

고등학생 때 나는 작가가 되려면 무조건 국문과에 가야 하는 줄 알고, 영화감독이 되려면 영화과를 나와야 하는 줄 알았다. 하지만 전혀 그렇지 않다. 물론 혼자 공부하는 것보다는 대학에서 조금 더 배우면 도움이 되겠지만 반드시 그럴 필요는 없다. 난 오히려 국문과나 문창과를 나오지 않은 작가들이 더 부럽다. 그분들은 다른 전공을 공부했기에 자신이 전공한 세계에 대한 이야기를 더 쓸 수 있다는 장점이 있다. 대학 전공이 직업 선택에 약간의 영향을 주긴 하지만 절대적이지 않다(단, 자격증을 주는 학과는 예외다. 초등학교 선생님이 되려면 교대나 초등교육과를 나와야 한다. 중·고등학교 선생님은 교육과를 나오지 않아도 '교직이수'라는 것이 따로 있어 영어 선생님이 되기 위해 영어교육과를 나오지 않고, 영문학과를 다니면서 교직이수를 하면 된다).

대학은 매우 유연한 공간이다

중·고등학교와 대학은 시스템이 다르다. 대학은 담임도 없고, 반도 없고, 정해진 수업 시간표도 없다. 경영학과를 다닌다고 해서 경영학 수업만 듣지 않는다. 전공 수업은 전체 학점 이수 중

3분의 1 정도만(학교마다 다른데 그 이하일 수도 있다) 들으면 된다. 대학은 무척 유연한 공간이다. 대학을 옮기는 편입이란 제도도 있고, 과를 변경하는 전과 제도도 있다. 그리고 복수전공이나 부전공을 해서 경영학, 국문학을 같이 공부할 수도 있다. 자신의 전공과목이 아닌 타 전공과목도 신청하면 들을 수 있다(영화 〈건축학 개론〉에서 수지는 자기 전공이 아닌 건축학과 수업을 들으며 이제훈과 사랑에 빠지기도 했다. 그렇다고 대학에 가면 어디든 수지와 이제훈이 있다고 착각하면 안 된다).

교양수업으로 결혼 준비 특강이나 스키, 수영, 체육수업 등등의 정말 '교양'을 배우는 과목까지 있다(잘 골라 들으면 참 재밌는 과목들이 많다). 이 과목들은 필수가 아닌 선택이다. 들어도 되고 안 들어도 된다. 중·고등학교처럼 같은 학년, 같은 반이 똑같이 수업을 듣지 않는다. 전공도 자신이 듣고 싶은 과목과 교수를 선택해서 들을 수 있다. 똑같은 등록금을 내고 대학에 다녀도 대학 수업과 시설, 혜택을 120퍼센트 활용하는 학생이 있는 반면 그렇지 못하는 학생이 있다. 대학부터는 본격 셀프 생활이다. 중·고등학교 때처럼 정해진 대로 수업을 듣고 시설을 이용하는 게 절대 아니다. 담임선생님이 조회 시간이나 종례 시간에 들어와 알려주는 친절을 기대해서는 안 된다.

내가 자신 있게 말할 수 있는 건 대학에서 하는 공부는 중·고등학교처럼 시험과 점수 평가를 위한 공부와는 확실히 다르다는 것이다. 중·고등학교 때 공부가 재밌어서 한다는 아이는 99퍼센트(100퍼센트라고 생각하지만, 가끔 4차원의 사람이 있기에 99퍼센트라 하겠다) 거짓말이지만, 대학 공부가 재미있다고 말하는 건 거짓말은 아니다.

왜 대학에 가야 하는지 다시 한 번 곰곰이 생각해보자. 만약 친구가 가니까, 대학을 나와야 취업이 잘 되니까, 어른들이 가라고 하니까, 이제까지 이런 것이 대학을 가야 하는 이유였다면 지금까지 공부하는 게 무진장 싫었을 것이다. 하지만 대학에 가서 공부하고 싶은 '무엇'이 생긴다면 지금의 공부가 조금은 덜 재미없지 않을까.

잘하고 싶은데 그게 안돼요

　누구나 잘하고 싶은 마음이 있다. 공부를 잘하고 싶기도 하고, 옷을 잘 입고 싶기도 하고, 노래를 잘 부르고 싶기도 하다. 내가 잘하고 싶은 일을 잘하는 사람을 보면 마냥 부럽다. '나도 저렇게 잘하고 싶은데 왜 난 저렇게 못하는 걸까?' 하는 고민도 한다. 가장 어리석은 것은 저 사람은 원래부터 저렇게 잘했을 거야, 타고난 거겠지, 라고 생각하며 포기해버리는 일이다.

　물론 어느 정도 타고난 게 있을지 모른다. 하지만 어느 정도 그 사람을 흉내 내다 보면 그 사람처럼, 아니 그 이상으로 잘할 수 있다. 아무런 시도도 해보지 않고 짐짓 두려움에 휩싸여 그만두는 일처럼 안타까운 건 없다.

가령 공부를 잘하고 싶다면, 머리가 나쁘다는 핑계, 나는 공부에 취미가 없다는 변명은 그만두고 공부 잘하는 친구를 한번 관찰해보라. 분명 그 아이만의 노하우가 있다. 친하지도 않은 상태에서 대뜸 물어보면 잘 가르쳐주지 않을 것이다. 타인의 노하우를 그렇게 쉽게 얻을 수는 없다. 그럴 때면 조금씩 친해지면서 슬쩍슬쩍 물어보자. 수업시간에는 어떻게 수업을 듣고 있는지, 집에서는 몇 시간 정도 공부하고, 문제집은 어떤 것을 푸는지를.

이것은 단지 공부뿐만 아니라 다른 일에도 해당된다. 지인 중에 소개팅만 나가면 항상 애프터를 받는 사람이 있었다. 얼굴이 예쁘지 않은데 매번 그러니 너무나 신기했다(어렸을 때는 얼굴이 예쁘면 무조건 인기가 좋은 줄 알았는데, 살아보니 꼭 그런 것만은 아니다). 친해진 후 어떻게 그럴 수 있냐고 물어보니, 자신은 상대방의 이야기에 호응을 아주 잘 해준다고 했다. 듣고 보니 수긍이 갔다. 아무리 예쁜 여자라고 해도 대답도 잘 하지 않고 웃지도 않으면 이 여자가 나에게 관심이 없구나, 하고 또 만나자는 소리를 쉽게 할 수 없다. 하지만 상대가 호응을 잘 해주면 오늘 만남이 나쁘지 않았구나 싶어 한 번 더 만나자고 할 확률이 높다.

세상 모든 일에는 이유가 있다. 단순히 운이 좋아서, 타고나서 이뤄지는 일보다 노력해서 가능한 일이 더 많다. 잘하고 싶은 일이 있다면, 이미 그 일을 잘하고 있는 사람이 어떻게 하고 있는지를 관찰하는 게 가장 좋은 팁이다. 혼자 끙끙대는 것은 결코 좋은 방법이 아니다.

많은 아이들이 작가가 어떻게 글을 잘 쓰는 건지 궁금해한다. 답은 간단하다. 작가라는 사람은 다른 작가들이 쓴 글을 정말 많이 본다. 나도 소설만 읽는 게 아니라 드라마, 영화, 웹툰, 다큐 등 다양한 이야기를 많이 찾아본다. 다른 사람이 만든 것을 보고 나면 새로운 아이디어를 얻을 수 있기 때문이다.

4년 전인가 어떤 작가를 만났는데 그는 다른 사람이 쓴 책을 거의 읽지 않는다고 했다. 자기 글만 쓰고 고친다고 했다. 그때 좀 이상하다고 생각했는데, 그래서인지 그 작가는 아직까지 후속 작품을 내지 못하고 있다.

내 여동생은 화장품을 기획, 개발하는 일을 하는데, 화장품을 엄청 많이 산다. 집에 화장품이 한가득 쌓여 있다. "너희 회사 제품을 쓰면 되는데 왜 돈 아깝게 다른 회사 화장품을 사느냐"고 했더니 일을 위해 사는 거라고 했다. 그러면서 내가 다른 작가 책을 사 읽는 거와 다를 게 없다고 덧붙였다. 그 말을 듣고 나니 여동생 방에 있는 그 많은 화장품이 이해가 됐다.

만약 네가 과자 회사에서 과자 만드는 일을 하고 있다고 치자. 혼자 연구실에서 자신이 만든 과자를 먹기만 해서는 더 좋은 과자를 만들 수 없다. 다른 회사에서 나온 과자들, 또 우리나라뿐만 아니라 다른 나라 과자들도 많이 먹어봐야 더 맛있는 과자를 만들 수 있지 않겠는가.

잘하고 싶다고? 너무 어렵게 생각하지 마라. 혼자 끙끙댄다고 답이 나오지 않는다. 이미 잘하고 있는 사람을 살펴보라. 그리고 그 노하우를 따라 해보며 내 것으로 만든다면 나는 그 사람 이상으로 더 잘할 수 있다.

무엇보다 너무 조급해하지 마라. 조급함과 열정을 구분해야 한다. 열심히 한다고 하는데 눈에 보이는 성과가 나타나지 않으면 조급해진다. 공부를 열심히 했는데도 성적이 오르지 않을 때, 일을 열심히 해도 결과가 별로 좋지 않을 때가 있다. 나는 열심히 해도 안 되는 걸까? 괜한 짓을 하고 있는 건 아닐까? 등등 별별 생각이 다 든다. 이제, 그런 온갖 생각은 접어라. 아무런 도움도 되지 않는다.

노력과 결과는 반드시 정비례하지 않는다. 사람 일은 기계처럼 투여한 양이 그대로 결과로 돌아오지 않아, 어느 정도를 더 해야 하는 건지 가늠이 되지 않을 때가 더 많다.

대학원을 다닐 때, 나는 휴학을 조금 오래 하는 바람에 동기들보다 논문 쓰는 시기가 많이 늦어졌다. 뒤늦게 논문을 준비하면서 남들보다 늦어졌으니 조금이라도 더 빨리 해야 한다고 생각했다. 얼른 졸업을 해야 내가 계속 공부를 하든 창작을 하든 다음 단계로 넘어갈 수 있을 것 같았다. 논문이 진행될 때마다 지도교수를 찾아가야 하는데 어느 날 교수님이 내게 그런 말씀을 하셨다.

"넌 마라톤을 해야 하는데 혼자 100미터를 달리는 사람처럼 굴고 있구나."

교수님은 내게 왜 그렇게 조급하게 구느냐며, 1~2년 늦어진 건 그리 큰 문제가 아니라고 이야기해주셨다. 그때는 그 말의 뜻을 잘 이해하지 못했다. 여전히 나는 빨리 졸업하고 싶었다.

하지만 대학원을 졸업하고 깨달은 건, 논문을 쓰면서 내가 가졌던 마음은 열정보다는 조급함이 더 컸다는 사실이었다. 당시에는 열정이라고 착각했다. 나는 한다고 하는데 왜 상황은 따라주지 않는 건지 원망하는 마음이 컸다. 지금 생각해보면 1, 2년은 그리 긴 시간이 아니었다. 인생은 생각보다 긴데 당장의 시간만을 생각해 안달복달했다.

조급함과 열정은 다르다. 조급함에 사로잡힌 사람들은 가시적인 결과가 따르지 않으면 곧바로 좌절하고 하던 일을 쉽게 포기한다. 그건 절대 열정이 아니다. 열정의 탈을 쓴 조급함이다.

세월아, 네월아, 하면서 열심히 하지 않는 것도 문제지만, 너무 촉박하게 시한을 정해놓고 무언가를 해내려는 것도 문제다. 최소한 자기 자신에게 시간을 줘라. 10만큼 노력했는데 10이 나오지 않을 수 있다. 3이나 5가 나올 수도 있다. 하지만 10만큼 노력했던 경험들이 노하우로 쌓인다면 언젠가 10만큼 노력해서 12, 13이 나오는 일도 분명 생긴다.

슬럼프에 빠졌을 때는 어떡하죠?

항상 기분이 좋거나 일이 잘될 수만은 없다. 살다 보면 생각만큼 일이 잘 안 풀릴 때도 있고, 이유 없이 기분이 나빠지기도 한다. 그런 걸 두고 '슬럼프'에 빠졌다고 한다. 슬럼프에 빠지지 않는 사람은 없다. 사람이라면 누구나 다 슬럼프를 경험한다. 다만 그걸 어떻게 이겨내는지는 저마다 차이가 있다.

공부나 일이 잘 안 될 때가 있다. 노력한 만큼 결과가 나오지 않고, 능률이 오르지 않을 때는 무작정 일에 몰두하는 것보다는 잠시 그것으로부터 벗어나는 게 좋다. 이는 회피라기보다 휴식에 가깝다. 그림을 감상할 때 보기 좋은 위치가 있다. 그림을 잘 보기 위해서 너무 가까이 가면 오히려 잘 볼 수가 없다. 삶도 마찬가지다. 때로는 한 발 물러나서 지켜봐야 할 때가 있다.

학교와 학원, 집만 왔다 갔다 했다면 환경의 변화를 주는 것도 한 방법이다. 기계가 쉴 없이 작동하면 과부하가 걸리는 것처럼 사람도 마찬가지다. 세상에는 일하는 방법만 알지 쉬는 방법을 모르는 사람이 참 많다. 친구와 함께, 친구가 바쁘다면 혼자라도 영화관에 가서 영화 한 편을 보거나 맛있는 디저트 가게에 가서 케이크를 사먹는 것도 좋다. 그때만큼은 되도록 고민을 떠올리지 않는 게 좋다.

그렇게 시간을 보내라. 다만 게임을 하는 건 추천하고 싶지 않다. PC방에 가서 게임을 하는 건 시간의 정지일 뿐이다. 게임을 하는 동안에는 슬럼프에 빠진 상황을 잊을 수 있지만, PC방에서 나오면서 곧바로 재생버튼이 눌러진다. 환경에 변화를 주라는 것은 시간이 다르게 흘러가도록 만들라는 말이다. 시간을 정지시키는 일은 별로 도움이 되지 않는다.

나는 글이 잘 써지지 않거나 생각이 잘 나지 않을 때는 일부러 더 글에 대해 생각하지 않는다. 그럴 땐 오히려 집에 있지 않고 바깥에 나와 마구 돌아다닌다. 가만히 책상 앞에 앉아 하염없이 고민만 하면 가슴과 머릿속이 답답해진다.

또 한 가지 추천해주고 싶은 것은 나와 비슷한 상황에 처해 있거나, 이미 그 일을 겪은 사람과의 만남이다. 슬럼프에 빠졌을 때 가장 힘든 건 '왜 나만 이렇게 힘들지?'라는 착각에 빠져서다. 하지만 비슷한 처지에 있는 사람들은 대부분 비슷한 고민과 걱정을 하고 있다. 같은 고민을 하고 있는 친구와 만나거나, 내 고민을 이미 겪었던 선배를 찾아가라. 그들과 이야기를 하다 보면 나의 고민은 나만의 것이 아닌, 누구나 겪는 일이라는 걸 깨닫게 되고, 고민의 무게가 훨씬 가벼워져서 슬럼프에서도 벗어날 수 있다.

불안을 호소하는 아이들이 많다. 자기가 과연 잘하고 있는지 모르겠고, 원하는 걸 이룰 수 있을지 모르겠다며 한숨을 쉰다. 그때마다 난 "아닌데. 너 괜찮아. 문제없어"라는 말을 해주고 싶은데, 강연이라는 일회성의 만남에서 내 마음을 전달하지 못해 미안하고 안타까울 때가 많다.

나는 아이들의 불안이 얼마나 큰지 잘 알고 있다. 십대 때 나도 그랬으니까. 시험을 앞두고 잘 볼 수 있을지 너무 불안했고, 내가 원하는 대학에 갈 수 있을지 무척 걱정스러웠다. 그때는 마음이 불안정해서 가위에도 자주 눌렸고, 시험을 앞두고는 소화가 되지 않아(그러면 좀 덜 먹어야 하는데 그건 또 되지 않았다) 체해서 수시로 손가락을 바늘로 따곤 했다. 불안한 마음을 갖는 건 어쩌면 정상인지도 모른다. 내가 무언가를 하고 있기 때문에 그런 마음도 가질 수 있는 것이다. 오히려 아무것도 안 하고 있다면 불안할 리가 없다. 불안은 나라는 사람이 만들어지는 과정에서 겪는 '성장통'이다.

요즘 '회복탄력성Resilience'이란 말을 많이 쓴다. 충격이나 부상을 당했을 때 회복력을 뜻하는데, 신체적인 것보다는 정신적인 의미로 더 많이 쓰인다. 인생을 살아가면서 이 회복탄력성은 아주 중요하다. 갈등을 겪지 않는 사람은 없고, 이를 어떻게 받아들이고 해결해나가느냐가 바로 정신 건강의 척도다.

슬럼프에 빠지지 않는 것보다 더 중요한 건 **'어떻게 이겨내는가'**다. 몇 차례 슬럼프에 빠지다 보면 스스로 슬럼프에서 헤어나오는 방법을 터득할 수 있다. 그 방법을 알고 있다면 슬럼프는 끔찍하고 두려운 게 아닌, 살면서 필히 겪게 되는 하나의 과정이라는 것을 깨달아 어렵지 않게 넘길 수 있다. 슬럼프에 한 번도 빠져보지 않은 사람보다는 여러 번 빠진 후 그걸 이겨낸 사람이 삶을 더 건강하게 살아갈 수 있다.

그러니 슬럼프를 두려워하지 마라.

너희들은 더 즐겁게 살 권리가 있어

많은 아이들이 어른이 되어 짊어질 책임을 미리부터 걱정한
다. 아이들은 어른의 책임을 주로 경제적인 것과 연관시켜 무겁
고 힘들 거라 생각한다. 아무래도 경제 불황, 청년 실업, 노후 준
비 같은 이야기를 많이 들어서인 것 같다. 선무당이 사람 잡는다
고, 어른들보다 십대 청소년들이 나중을 더 걱정하는 듯 보인다.

그런데 어른의 책임이 꼭 무겁기만 한 건 아니다. 물론 십대인
지금보다 책임질 일이 더 많아질 수도 있지만, 그만큼의 '자유'
도 주어진다. 책임은 자유에 따르는 부속물이다. 시키는 대로만
살면 책임질 일은 줄어든다. 하지만 과연 그게 더 좋다고 할 수
있을까? 책임져야 할 일을 회피하거나 미루기만 한다면 절대로

내 삶의 주인이 될 수 없다.

어른이 되면 주체적으로 살아갈 수 있다. 주체적으로 살아간 다는 것은 매력적인 일이다. 어른들의 보호 아래 있는 십대 때는 아무래도 어른들이 시키는 일을 해야 한다. 어른이 되어서도 회 사와 사회가 시키는 일을 하긴 하지만 훨씬 능동적인 삶을 살 수 있다. 자신이 가고 싶은 회사를 선택할 수 있고, 여행을 가고 싶 으면 언제든지 휴가를 내서 갈 수 있다. 영화 한 편 보는 것도 부 모 허락 없이 가능하다(영화를 보면 우울한 기분이 나아지는데 엄마가 절대 못 보게 한다며 불만을 토로하던 아이가 떠오른다).

그리고 막상 어른으로 살아보니 생각만큼 해야 할 일이 많지 는 않다. 오히려 십대 때 해야만 하는 일들, 풀기 싫은 문제집을 푼다거나, 성적 문제로 고심한다거나, 부모의 잔소리를 무시 못 해 속앓이를 한다거나, 교실 안에서 친구들과 신경전을 벌이는 일 등을 하지 않아도 되니 좋다. 십대에 했던 일은 어른이 되어 서는 안 한다. 그러니 어른이라고 할 일이 많은 게 아니다. 제 나 이 대마다 해야 할 일이 다를 뿐이다.

또 어른이 되면 확실히 상처를 덜 받는다. 십대라는 시기가 말 랑말랑해서 어떤 모양으로든 만들 수 있다는 장점이 있지만, 한 편으로는 그렇기 때문에 주변에 의해 상처를 많이 받기도 한다. 친구, 가족, 성적, 진로 등등의 문제로 말랑한 마음이 다치게 된다. 나는 가만히 있는데 옆에서 날 툭 치거나 흔들면 무른 만큼 타격이 더 클 수밖에 없다. 그래서 난 십대로 돌아가고 싶으냐는 질문에 단호하게 'NO!'라고 말한다.

어른이 되어가면서 '나'라는 사람은 조금씩 단단해진다. 단단해지면 상처받는 일이 줄어든다. 제대로 된 나를 만들어만 놓으면 어른으로 살아가는 게 생각보다 훨씬 더 쉬울 수 있다. 그러니 어른의 삶을 너무 겁내지 말고, 충분히 기대해도 괜찮다고 말해주고 싶다(자, 이쯤에서 어른이 되어 좋은 점, 기대되는 점을 한 번 써보는 건 어떨까? 이 책에서의 마지막 자율학습이다!).

나는 십대들이 책임보다는 자신의 권리를 떠올렸으면 좋겠다. 사실 어른이 되어가는 과정에서 해야 할 일은 딱 하나뿐인지도 모른다. 학교에 다녀야 하는 까닭, 친구를 사귀어야 하는 이유, 돈을 벌어야 하는 필요 등등 사람이 살아가면서 해야 할 일들이 많아 보이지만, 이런 것들을 하는 이유는 한 가지 때문이다. 바로 우리가 더 즐겁게 살기 위해서다. 내 앞에 놓인 어른의 의무들을 보면서 막막하다고 느끼기 전에, 진짜 너희가 누려야 할 권리를 잊지 말기를.

너희들은 더 즐겁게 살 권리가 있다
또한 너희에게는 더 즐겁게 살 의무가 있다

요즘 내 삶의 최대 관심사는 '시시한 어른으로 살지 않기'다. 가끔 바쁜 일정에 생각 없이 살다 보면 시시해져 있는 나 자신을 발견하게 된다. 그럴 때 십대들을 만나면 아차, 싶다. 십대 때 내가 꿈꾸었던 모습은 절대 시시하게 사는 게 아니었으니까. 그나마 내가 덜 시시하게 살 수 있는 건 다른 어른들보다 십대들을 자주 만나기 때문인 것 같다.

이 글을 쓸 수 있었던 건 내가 만났던 십대들 덕분이다. 지난 7년 동안 350여 학교에서 많은 십대들을 만났다. 처음 강연을 갔을 때만 하더라도 무슨 말을 해야 할지 몰라 얼른 시간이 지나가기만을 바랐는데, 이제는 한 시간이 너무 짧기만 하다. 해주고 싶은 말은 많은데 10분의 1도 채 하지 못하고 돌아온다. 십대들을 직접 만나면서 해주고 싶은 이야기들이 쌓이고 쌓였다. 그 결과물이 바로 이 글이다.

그러니까 이 글은 나 혼자 쓴 게 아니라 내가 만났던 십대 아이들과 함께 쓴 것이다. 십대들을 만나며 나의 십대를 돌아보게 되었고, 현재의 나와 마주하게 되었고, 미래의 내 모습을 상상했다.

과거 어딘가에서 열다섯 살의 김혜정이 현재를 살고 있을 거라 생각한다. 그 아이에게, 그리고 언젠가 열다섯 살이 될 나의 아이에게 해주고 싶은 말을 적었다. 시간이 흘러 내가 더 딱딱해지고 그저 그런 어른이 될 수도 있으니까, 그 전에 이 말들을 해야겠다고 생각했다. 훗날 내가 별 볼일 없는 어른이 되어감을 느낄 때 다시 이 글을 꺼내 볼 것이다.

나도 겨우 10여 년 조금 넘게 어른 생활을 했고, 앞으로 50여 년은 더 어른 생활을 해야 한다. 남은 시간 동안 최대한 시시한 삶을 살지 않기 위해 노력할 것이다.

이 책을 읽은 너희들도 시시한 어른이 되지 않길.

자기 삶의 주체가 되어 삶을 즐기며 살아가길.

즐거운 어른의 삶을 꿈꾸고 기대하길.

너도, 나도, 우리 모두!

시시한 어른이 되지 않는 법

ⓒ 김혜정, 2016

초판 1쇄 발행일 | 2016년 5월 31일
초판 5쇄 발행일 | 2019년 12월 27일

지은이 | 김혜정
펴낸이 | 정은영
편　집 | 사태희 이미현
마케팅 | 이재욱 최금순 오세미 김하은
제　작 | 홍동근

펴낸곳 | ㈜자음과모음
출판등록 | 2001년 11월 28일 제2001-000259호
주　소 | 04047 서울시 마포구 양화로6길 49
전　화 | 편집부 (02)324-2347, 경영지원부 (02)325-6047
팩　스 | 편집부 (02)324-2348, 경영지원부 (02)2648-1311
이메일 | jamoteen@jamobook.com

ISBN 978-89-544-3609-0 (43810)

이 도서의 국립중앙도서관 출판예정도서목록(CIP)은 서지정보유통지원시스템 홈페이지
(http://seoji.nl.go.kr)와 국가자료공동목록시스템(http://www.nl.go.kr/kolisnet)에서
이용하실 수 있습니다.(CIP제어번호: CIP2016011707)